三民叢刊115

夢裡有隻小小船

夏小舟著

三民書局印行

不沉的小船——給夏小舟（代序）

小民

《夢裡有隻小小船》就要出版了，妳要我寫幾句話，我實在不知道說什麼才好，因為我心裡也跟妳一樣興奮喜悅著！

小舟：這是妳結集出版的第一本散文，收進書內每一篇文稿，都曾經發表在臺灣的文學副刊上。而妳是生長在中國大陸，留學日本的女孩，從來沒見過心裡嚮往的自由中國——臺灣。卻有一本妳夢寐以求的文集，由臺灣頗負盛名的大出版社印行，妳一定快樂得不得了呢？我也分享了妳的快樂！

說起來要感謝上帝了，若不是去年春節，咱倆的文章同時刊登在「臺副」版面上，我眞的還不曉得寫〈北京舊人〉的夏小舟，是何許人？

「君自故鄉來應知故鄉事」，基於遊子懷鄉情切，〈北京舊人〉深深的吸引了我，讀過之後，我便注意夏小舟的每一篇作品，越讀越喜愛。因為妳的文筆流暢，筆端充滿感情，充滿可貴的寬容，令人同情感動！

多麼難得呀，妳在大陸渡過貧困童年，但能奮發向上努力求學，得到了本國文學博士尚不滿足，還爭取到出國進修的機會，遠渡重洋到日本又念了個博士。這種鍥而不捨追求上進的精神，多麼使人欽佩。

妳原來是學歷史的，想來必對歷朝歷代興衰演變，有深刻的研究。妳說在北京師大教歷史的時候，住在師大新街口的教師宿舍，因為妳們師大原是與輔仁和北平女師合併的。有時妳到十刹海老師大給學生上課，趁便到公園看人唱京韻大鼓，一聽就忘了回家。這種情景對我太熟悉了，我小時候也曾在放學回家路上，聽見戲園子胡琴響就跑去看得入迷，一入迷就忘了回家，害得老王媽一路喊一路叫我小名，找到戲園子來，回家被母親揪著耳朶一頓好罵。咱們的北京文化古城，就這麼可愛迷人！

妳在信上曾告訴我，雖然自己祖籍廣西，但長期生活在北京。北京有妳一生中最美好的回憶，妳在那兒渡過童年、在那兒受大學教育、念研究所，又在那兒教書、結婚、育子。妳對北京眞是熟得不能再熟、愛得不能再愛了。這不也是我的感受嗎？

對鄉情我倆有共同的回憶，古城裡有過我們先後踩過的足跡，這些並不是我欣賞妳文章的主因。而是妳在優美的詞句中加進了幽默，使得不論長短文章，讀起來都輕鬆順暢，趣味盎然。

妳知道嗎？在順境中不慮缺乏中長大的孩子，保持幽默感是容易的。但小舟年輕的生命，遭遇了太多的挫折。幼年時妳母親在文革時做苦工，被軋麵機軋斷了右手，是只有左手的母親將妳們撫養長大的。妳母親從不抱怨命運，隻手為孩子織毛衣、做家事，妳婚變後，還代妳負起撫育幼兒的責任，多麼偉大堅強又慈愛的母親啊！

妳父親也是最關愛兒女的慈父，為著妳的論文他不眠不休的代妳尋找資料。找來了他自己先讀一遍，再告訴妳要注意些什麼。妳在日本寫論文，老爸幫不上忙，就專門找日本人寫的書念，告訴妳日本人治學有什麼特點。天下父母心啊，濃郁的親情叫人無法不動容。所以小舟的散文世界裡抒情的成份極大，因為妳是在愛的光環中活著的。

不止父母姊妹親情包圍妳，還有愛妳的何大少爺，即使移情別戀的「丈夫」，妳對他亦未曾嚴加譴責過，相反的，還體諒他與異國女子結婚，為取得居留權，值得同情！多大的包容、多寬濶的胸襟?!

讀妳的文章，無論寫北京舊事，或日本見聞，總覺得妳一氣呵成寫得傳神，常常一篇文章結束了，我還意有未盡。妳隨便寫任何題材，筆下的人事物形容得全是那麼鮮活，那麼栩栩如生。我常想如果妳改行寫小說，一定是高手。

春節前，收到妳的書簡，和兩張美麗的相片。妳信中充滿著興奮，那是每位寫作者都會產生的興奮。筆耕最高的收穫，不就是知道自己辛勤創作的文稿，能刊登在文學副刊之後，又能結集出書嗎？眞是要感謝上帝，讓我們相識相知相惜，這份天賜的友情就是神愛世人的見證！

當然，最後也要多謝三民書局，為小舟出版第一本散文集。相信讀者必會喜歡小舟的文章，和我一樣。祝福小舟在文學河流中，做一隻永不沉沒的小船。

載舟之水溫柔寬厚（自序）

夏小舟

有女遠嫁，古人視為不幸。紅樓夢中探春遠嫁，判詞中便有「清明淚涕江邊望，千里東風一夢遙。」又有詩曰：「奴去也，莫惦念，從今後分兩地，各自保平安。」可見女兒遠嫁，是件很痛苦的事。我與父母分別，已好些年了，可那時居住在島國日本，與中國大陸僅隔一條透明的，彎彎窄窄的海，父母便覺得女兒並沒有走遠，都是東方，一樣的日出和日落，一樣的天空和大地。何況那時女兒孤軍奮戰，並沒有嫁人，女兒還是他們的女兒，一聲老爸，老媽，你們好麼？儘管是通過越洋電話，他們也覺得女兒的心和他們貼得好緊。

今年春天，突然決定嫁，是再嫁，又是遠嫁。再嫁是我在「記得當時年紀小」的糊塗年代，有過一次令父母傷心不已的失敗婚姻。遠嫁，是因為我一嫁便嫁到了美國的西北邊城，騰雲駕霧，跟著太陽追了好久，好久，才在一個青青的小城找到現在的家。

青青的小城在美國和加拿大邊境上，有青青的山脈，青青的草坪，青青的哥倫比亞河。

我是一艘愛漂流的小舟，所以便一下喜歡上了這條親切，溫情的河。我問河邊散步的老人，這條河從哪來，又匆匆到哪去？它在美國的河流中排名第幾？它可有美麗的傳說和厚重的歷史？老人回答說：它從加拿大來，它到太平洋去。它在美國大陸上做客，卻灌溉了二百六十萬畝土地，提供了美國全國水力電力的百分之四十，它全長一二四三公里，是僅次於密西西比河的美國第二大河流。老人的身邊站著一個高高的小夥子，他的腦後拖著一條小辮子！他甩甩小辮子，很著急地說，密西西比河哪裡就比得上我們的河呢！它出名還不是因為馬克吐溫那老頭兒麼！

我家離河很近，河灘上是大片大片的油菜花，黃得像天邊最明麗的霞。家聲，是從小生活在北方的人，他一看見河水漫上沙灘，就慌慌地叫：小舟，快逃！小舟，快逃！我不聽他的，我的鞋提在我的手上，褲腳挽到膝蓋上，我也聽見河水漫上沙灘的啾啾聲，可是我不慌不忙，每一次都順利地爬上岸堤。四月的哥倫比亞河水還很冷，於是我便盼望著夏天。家聲帶我去挑了一件墨綠的泳裝，我很想融進這青青的河流，可邊城之夏，據說一向姍姍來遲。

邊城多雨，有雨城之稱，然冬天卻極少下雪，於是青青的哥倫比亞河在歷史上只冰凍過十次，最初一次是一八三三年，最近一次是一九三〇年。與近在咫尺的聖海偌斯火山上終年不化的白雪形成輝映，白山青流，成為美國大陸一旅遊勝地。

青流蒼蒼，融入大荒。家聲和我駕著車，在它坦蕩的河岸上急駛兩天一夜，忽而是曲曲漫漫青藤柔柳，忽而是高聳入雲的水杉，小野兔成群結隊，小松鼠上下歡竄，從加拿大境內延伸過來的瀑布山脈，每隔數公里便有瀑布飛騰而下，眞是「飛流直下三千尺，疑是銀河落九天。」我們在瀑布山下指定的露宿處搭起帳篷，夜間瀑布聲如千軍萬馬，奔騰廝殺，我想起古人所寫的〈秋聲賦〉，又想起中原大地的古戰場，想起我在上碩士班時，與同學也曾夜泊黃州赤壁，卻見明月樹梢，靜夜和平，而這並無戰爭的瀑布山卻令我的心狂跳不已，我硬要家聲連夜拔起帳篷逃離此地。他笑我膽小，我笑他未讀古人書，不知古戰場之悲壯，在此重演，不可久留，久聞，久視。

我這一生與江、河、海原有些緣份。母親生我在湖南岳陽城的洞庭湖畔一間吊腳樓上，那時的洞庭，已不復有「八百里洞庭，著我扁舟一葉」的浩浩蕩蕩了，可依然是大手筆。從京廣線坐火車，駛出湖北，便一頭扎進洞庭懷抱，列車一定會在湖邊咣咣噹噹地急行，撲入眼中的，便是楚天遼闊，洞庭淼淼，湖中有木船，木船上有一幅巨大的風帆，可再一細看，那是怎樣一幅帆呀！千補萬衲，紅的做過船娘的嫁衣，藍的是船伯穿破的短衫，我貧窮，善良，勤勞，本分的父老鄉親呀！好幾次，我都想下車，就在此地下車，沿著湖畔去追那艘遠去的船，我要把身上所有的錢都掏出來，為那船上人家製作一幅雪白的、漂亮的帆！

後來，我在日本，在博多灣的身邊，有了一間海邊的小屋，每日裡，看千帆過盡皆不是，心中的鄉愁像一瓶存放了許久許久的老酒，濃郁得化不開。我又想起了故國的海，我在北海、南海、東海看過的海，想起了慈禧用海防的錢蓋成了北京的頤和園，頤和園有世界上最長的長廊，長廊上有畫，畫些英雄往事，如煙舊說，可這又有什麼用！我們割讓了臺灣，割讓了港澳，我們是把自己身上的肉割下來送給貪婪的人。所以，我對朋友說，日本海是美麗的，可它不屬於我。那麼，眼前這條哥倫比亞河，這條青青的，豐腴的，溫情的，素樸的河呢？它是小舟我可以扯起風帆的河嗎？我不得而知，有好幾天，我不再到河邊去。

家聲不知小舟事，他問鄰人，上哪兒可以弄一條大家都有的、揚著三角形風帆的小船呢？是去商店買，還是自己像魯濱遜那樣做一條船呢？反正這兒有的是森林。他向鄰人解釋說，小舟性愛水，她一下飛機，便愛上了這條河，所以我們要擁有一條船。

於是家聲便開始計畫怎樣去擁有一條船，他想讓妻子也駕著一條船，在哥倫比亞河上。

可是……我夢中的河流，是應該流淌在華夏母親的血管裡，它是長江、黃河、洞庭湖，它怎麼會有這麼一個洋裡洋氣的名字叫哥倫比亞呢？

家聲不同意，他說：「天下之水天上來，五湖四海是一家。小舟妳從洞庭湖駛過來，妳在北京的北海上盪舟，妳在桂林的灕江上搖過小木船，妳在日本海暫留，如今妳又到太平洋的這一頭，妳走得眞遠！妳行萬里路，讀萬卷書。經歷人生的愛、怨、悲、喜，所以妳沒有迷失，而且豐富。」

我有些欣慰，我是一隻小小的船，卻走了這麼遠，的確，我是一隻幸運的小船。載我之水溫柔寬厚，上帝賜給我仁愛的雙親，關懷的姐妹，曲折而終於坦蕩的愛情。我的這些淺薄的小文，曾得到《臺灣日報》、《新生報》、《中央日報》等副刊的賞識，三民書局願意把它結集出版，小民大姊，這位著名的散文作家還親自為我寫序，我眞的很感激大家給了我這麼多的愛。

天涯行舟，每一個港口都有一盞等待的明燈，奮力前行，便是光明。

最後，我想把此書，敬奉給我親愛的父母，感謝他們所有的慈愛。

小舟記於美國西北邊城溫哥華

一九九五年五月十六日

夢裡有隻小小船 目次

第一輯 天涯有行舟

第二輯　永遠的港灣

第一輯　天涯有行舟

食在扶桑

兩年前，我來日本留學，機場送別，八十四歲的奶奶老淚縱橫，竟拉著我的手，說了句石破天驚的臨別贈言：「小舟，那日本菜再難喫妳也要忍住嚥下去！瘦了奶奶心疼呀！」旁邊的人聽了都哄地一笑，怪老奶奶多事。

沒想到，一下飛機，便被日本友人請去喫了頓飯，喫得我心慌意亂，恨不能馬上打道回府，心想若天天喫這日本料理，我保管活不下去，至少是活得不痛快。

友人選的料理店挺高級，一坐下，便有穿著和服的侍女遞上消毒毛巾，奉上清茶，接著就端出一大盆花花綠綠、煞是好看的東西來；友人講，這是壽司。我朝口裡一送，差一點嘔心地要吐，原來是一個大飯團中夾了一塊血淋淋黏乎乎的魚子！因爲剛從身上剝下，還透著絲絲暖氣。我決心不喫，只盼著上第二道菜。

這二道菜也很漂亮，白花花地一小盤，我接過一喫，才知是白蘿蔔，剁成了醬似地。

第三道菜是一個大鐵鍋，盛著一鍋清水；接著又送上一大盆大白菜和魚塊、麵條，友人讓我先把魚放下去煮，再放白菜和麵條，說這是鍋物，好喫著呢！我便喫了這無鹽無油、清湯寡水、腥氣四溢的鍋物。末了，見友人掏出兩萬日元付帳，我眞恨不得也立即改行做那廚子才好！

友人見我喫驚的模樣，便寬慰了幾句：「今天是爲妳接風，便喫得奢侈了一些，平日裡要簡單多了。」我當時一聽，馬上想到的是到底奶奶上了年紀，竟能料事如神，這奢侈地食物我還喫得半飢半飽，那簡單地東西還不更受罪？

於是我決心在女子學生寮自立更生，一日三餐全都自己動手。東市買碗筷，西市買鍋勺；騎著腳踏車風也似地買來一筐筐青菜、雞鴨魚肉，通通塞進冰箱裡。

第一天開廚，便引來觀眾一群，個個看得目瞪口呆，這女子學生寮當時就我一個中國人，大家好奇得不得了。先是看，後來就學著做，跟著喫，都誇我的菜好喫。可是過了不久，熱心做菜者就減了一半；再過了不久，大家一見我進廚房，便有些地避開，終於忍不住，跟我透露了實話。

一是，小舟妳幹嘛把火開得那麼大？鍋燒得那麼紅？油一倒下去，彭地一聲，火苗直竄，煙霧騰騰，劈啪做響，讓人多爲妳著急，萬一起了火災，妳這留學可留不成，要蹲監獄，要賠錢。

二是小舟妳做飯多麻煩，妳一個人做飯等於大夥好幾個人，是該讓妳多交煤氣錢還是不交，我們大夥沒了主意。

三是，我們正爲妳擔心呢！小舟！妳住女子學生寮，說明妳在待嫁；妳天天喫那麼肥膩，難道妳不怕血壓高，不怕胖了沒男子娶妳？這一席話聽完，我硬是幾天未進廚房，天天喫麵包、喝牛奶，心裡好傷心。打了個電話給神戶的老同學，她聽了哈哈大笑，說，入鄉隨俗，其實日本料理也是蠻好喫的，既來日本，便是和這日本料理有些緣分。

她這一點破，我便心有所悟，從此老老實實，喫起日本料理來，先是強迫自己喫，後來就自覺自願地喫，再後就頗有些喜歡了。

先說日本人喝湯。日本人每喫米飯，必定會有一碗湯；最普通的是大醬湯，日語叫米索湯。這湯的原料是大豆發酵後做成的，從商店買回來，每次做湯時放上一些，加入豆腐、葱花、海苔，喝起來很清淡可口。

再說那日本的壽司。就是我初來日本喫的那種被我戲稱爲大飯團子的食物，其實喫慣了，也是挺好喫的。米飯蒸熟後，涼卻，加上醋，塗上一些兒芥末，放上新鮮的生肉片、生魚片，喫時再淋上醬油，和著薑絲一塊喫，壽司簡單、方便，營養也好。

日本的火鍋也有它的特色。一類是魚料理，講究清淡，一滴油星也不見，不過我至今仍不愛喫。一類是肉料理，有些像北京的涮羊肉；仍是清清的一大鍋水，燒開後，把切得極薄、極薄的牛肉片或豬肉片放下去，待肉一變色就立即舀上來，放入小碟中，沾上醬油、葱末、芥末、醋、辣椒粉一塊喫。還有一類就是牛肚、牛大腸或豬肚、豬大腸，近年來在日本很流行。先說那湯，一反日本人講究清淡的傳統，比較油膩。用雞腿、豬骨頭慢慢地熬上好幾天；除去浮油，放入料酒、薑、白糖，然後把牛肚、腸放在湯裡煮，加上卷心菜、韮菜，淋上醬油、醋一塊喫。

日本料理的特點是清淡、平實，講究原色、原味，主張單味、單純。比如長崎有一著名食物，中文譯音叫熗蹦，是把各種青菜如豆芽菜、紅蘿蔔片、卷心菜加上肉片、蝦片和麵條一塊炒。熗蹦的意思大概就是雜亂、混同之意。因我有一次聽見一位教授訓他的學生概念不清時說：「你那腦子活像一盆長崎熗蹦，亂七八糟！」

中華料理熱鬧、喧嘩、味重、奢侈；日本料理冷清、味輕、單調、寡色。所以說，中國人是開放的，日本人是封閉的，中國人愛好大紅色，日本人都喜歡全黑。

一次出席日本女友的婚禮，見男女來賓通通身著黑衣，眞把我嚇了一大跳。日本料理也透露出這個民族的某些特性，原始（喫生肉、魚、菜）、粗糙、蒼涼。一頓中華料理喫下來，只覺得世上萬事如意，人生悠哉！而一頓日本料理嚥下去，便覺世上多有艱辛，人生尙須努力，心中反而沉甸甸地。

我幾年生活下來，學會了呑喫生物，做飯簡單而快捷。一碗米飯，打個生雞蛋，淋上醬油一拌就是一餐。蘿蔔用電動器打成糊狀，就是一道主菜，喫肉不過幾塊，喫魚只喫一截，半飢半飽，倒也活得無災無病。有時想起故國的種種飲食，竟也覺得太奢侈、太費事。

去年新年，一位日本朋友請我去他主持的公民館教婦女們包餃子。我和館長開著車，買回了三十多顆大白菜、好幾公斤肉，和堆成小山似的一袋袋麵粉。婦女們個個興高采烈，孩子們你打我鬧，公民館借來了一口煮餃子用的大鐵鍋，據說全市只有這麼一口大鍋了。一個四、五歲的男孩躲在鍋裡，蓋上鍋蓋，嚇得媽媽們要死，費了好大的勁才把孩子們通通趕出公民館，幾個膽大的孩子還不肯離去，一個勁地叫道：「我要喫中國餃扎，（日語發音，把子唸成扎。）放我們進去喫中國餃扎！」

包餃子，最費事的就是揉麵。由於人太多，我便把她們分成五組，每組揉一團麵。我帶領的這一組揉了沒兩下，大家就眼冒金花，直嚷著肩膀又酸又疼。

忽聽一聲：「報告夏先生，其餘五組麵已揉好，請做下一步示範。」我一楞，心想這日本人怎麼會這麼快？一問她們訣竅，弄得我哭笑不得，「手勁不如腳勁，我們用腳揉的！」

原來她們把麵團裝入厚厚的塑料袋中，放在地下，光腳來回踩，翻過來，覆過去，一會就踩好了。

「妳們怎麼會想到用腳踩呢？」我不禁問道，「博多拉麵好喫吧？那名氣最大的店裡的麵就是踩出來的！」她們驕傲地回答。我的媽！我發誓從此不喫博多麵條。

「下一步是剁菜，把大白菜切細了，拌入肉餡。」我又發出了第二道指令。「哈意」（日語），只聽一陣喧嘩，原來館長帶著大家開動了六臺電動攪拌機，一下子大白菜泥就出來了。我心裡直嘀咕，不知這些稀爛的白菜泥做出的餃子味道怎麼樣？

「現在放鹽、味精、香油。」我又指揮大家調味。

「報告夏先生，我丈夫血壓高，肚子胖得像懷了闊多麼（日語小孩發音），這油能不能免了？」一位婦女可憐巴巴地央求我，其餘的人也附合著連連點頭。我想了想，這也是無奈，只好同意免了那油。

「下面跟我學擀餃子皮。」我用擀麵杖三五下就擀出了一個外薄內厚、圓呼呼的餃子皮。

「這樣好不好？先把麵用杯子弄薄了，再用杯子扣出餃子皮來？」一位婦女又提議道，「這樣就可以不必張羅著去買擀麵杖了。再說一年也只是過年才喫一次餃子，買個擀麵杖是不是太浪費？家裡反正杯子多得是……」我一聽也只好同意這日本人的思維方式。於是便出現了無數個奇怪的餃子皮，有的厚，有的薄，大大小小，可是一律圓圓地，而且很快就完成了這道麻煩的工序。

「開煮啦！」大家七手八腳地把餃子扔到那口大鍋裡，不一會就煮好了。我告訴大家把餃子盛起來。「那湯怎麼辦？」一位婦女聽我講把湯倒掉時，焦急地說：「那多可惜呀？好多菜、肉都煮到湯裡去了（因餃子包得不好，煮破了好多），再說光喫餃子，沒湯怎麼行呢？我建議用這湯做米索湯。」

我一聽眞嚇了好一跳，喫了幾十年餃子，還沒聽說用煮餃子的水做湯的！可是那婦女眼巴巴地望著我，那神情很動人，她只想怎樣說服我才好。行，妳們愛喝就喝吧！婦女們立即眉開眼笑，回家捧來一包米索，做了一大鍋她們稱做餃子米索湯的湯。

這餃子的味道我不說你也知道，我邊喫邊低著頭，心想幸好今天沒有第二個中國人，不然，一定會罵我出賣民族，有損國格，對不起祖宗，做出這等餃子來！還讓人喝那煮餃子的水！

可是那些日本人都喫得好高興，孩子們吃了一個又一個，直嚷「我還要！」婦女們邊喫邊誇中華文化了不起；館長喫得太多，悄悄躲到一旁鬆褲腰帶。

從此我便悟出了一個道理，一方土養一方人，料理沒有高下優劣之分。酸甜苦辣，也只好由著人去了。南桔北枳，隨鄉入俗，便是這飲食文化的眞諦。

三月保姆記

在日本留學，課餘打工者居其大半，但到日本人家中帶小孩，卻是件稀罕事。因日本已婚婦女就職者頗少，相夫教子，是日本婦女自認的天職。所以，當朋友告訴我有一家想請人照顧小孩時，出於好奇，我便欣然許諾了。

女主人是一家飯店的老板。她是家中獨生女，由於上無兄、下無弟，便招了一個夫婿。在父母的資助下，剛剛三十歲就擁有一座五層的公寓、一個頗大的停車場和一家飯店。她整天事必親躬，白天還能照料孩子，晚上就無暇顧及了。於是，每晚七時到九時，我便成了四歲半的一郎和二歲櫻的保姆。報酬是一小時七百日圓。工作是帶孩子吃一頓飯，然後戶外散步、講兩個故事，安排入睡。睡前幫他們洗澡。

孩子一開始就對我充滿敵意。四歲的一郎活脫脫已是一個典型的日本男人，他總想支使你、欺壓你，在他眼裡我和櫻都是弱者。

喫飯時，他把自己的一份放在一邊，非要搶妹妹的一份。我幫助櫻，他就連我的一份也一併奪去。女主人對我的告狀總是無動於衷，她揚起細眉，輕描淡寫地說：一郎是男孩子，自然要厲害些。只是櫻要教育一下，女孩子也敢和哥哥打架，弄得我哭笑不得。在她的放縱下，一郎簡直無法無天，有一次他把妹妹按在浴池裡，差點斃死過去。氣得我進房裡，操起一把玩具刀，大唱：大刀向鬼子們的頭上砍去，全國武裝的同胞們，抗戰的一天來到了。

一郎一下愣住了，旋即又高興起來，聰明的一郎和櫻從此以後便學會了這首唱起來讓中國人熱血沸騰、迴腸盪氣的歌，還表演給女主人看，以後，一郎一做壞事，我便操起刀大唱，他也就老實了。

孩子總是天眞的，不久我就和兩個孩子成了好朋友。我們三人常常手拉手到外面街道上散步。儘管一郎還是改不了他的大男人主義的習慣，但他現在充當的是保護者而不是壓迫者的角色了。

最讓人難堪的還是他們的母親，那位表面看來十分文靜、美麗和說著滿口敬語的婦人。一進入這個家庭，你就會感到錢在日本人心中的地位。日本人的確算得上是世界上最吝惜錢的民族。爲了錢，他們白天黑夜地拼命幹；爲了錢，他們是千方百計地拼命省。女主人腹部動了大手術，術後第二天，我帶著一束鮮花，騎了半個多鐘頭的腳踏車去醫院看她，只見她躺在床，臉色慘白，手上吊著點滴瓶，腹部開了一條好長的刀口。她見我來，感動得哭了。我說你太操勞，趁著住院，好好休息一下，孩子我會照看好的。當時家裡、店裡請了好幾個臨時工幫忙，開銷很大，她覺得花費太多，四天就離開了醫院，連傷口上的線都沒拆掉，又開始到店裡忙碌起來了。有好幾次，她都差點昏倒在店裡。

家裡的開銷也是精打細算，肥皂用剩的部分她都捨不得扔掉，積聚起來再用。吃飯時，掉在地下的飯粒也要拾起來喫掉。她的母親住得頗近，時常來串門，喫了她幾粒糖，她也會面有不快之色。

夏天熱得讓人透不過氣，她捨不得開冷氣，讓我把大門打開，害得我每天心裡忐忑不安，好怕有壞人進來。星期日，孩子們要去公園玩，她嫌附近的公園要收費，總是把他們帶到十多公里以外的郊區兒童公園，那兒免費。害得孩子疲倦不堪，一路呼呼大睡，根本沒有玩什麼。她卻樂此不疲，認爲占了便宜。

她常送些禮物給我，所謂禮物，幾乎都是些破爛。比如，穿舊了的內衣、襪子，快發霉的點心，以致我一看見她的禮物就害怕。我告訴她說，有一本書裡說中國人把自己捨不得喫的好東西送人喫，日本人卻把自己不愛喫的東西送人。她聽了一笑，心裡好像明白了什麼，但禮物仍然照送不誤。我也學乖了，她一送禮物，我就千恩萬謝地又是鞠躬，又是裝作很不好意思地樣子收下來；待她一離開家，我就用報紙一包，塞在她家的垃圾桶中，倒也省事。

女主人起初和我約定，按時間給我報酬。爲了省幾個錢，她眞是耗盡了心機；原來，我見她在門口叫：我回來了，就心裡發緊，因爲她不到九點就回來了，而且總是氣喘噓噓的模樣，看來是一陣小跑趕回來的。一進家門，就連忙在日曆上寫下時間，因爲我是按小時、分鐘付錢的。我對她的這些舉動痛苦不堪，好幾次要辭掉工作。她大概也覺得這樣做弄得她精神緊張，於是雙方又協定按日給錢，一天三小時左右，一月包括交通費一共給我幾萬日元。

誰知這樣一來，她就在店裡不回來了。每天我呆呆地望著鐘，盼她回來，聽她千篇一律的道歉：「哎呀，今天店裡客人眞多呀，我實在走不開，讓你受累了。」氣得我無話可說。

有一次，我有事來不了，便請朋友幫忙照料看一晚上，她仍然不按時歸來，朋友毫不含糊，堅持每十分鐘往店裡掛一次電話，日本客人多用電話預定座位，電話一響，女主人便以爲財神爺到，一接又是叫她回家，氣得要命。歸來把朋友訓了一通，朋友也不示弱，兩人大吵一頓；痛快倒挺痛快，朋友替我出了一肚子氣，可是，我卻因此砸了飯碗。

後來，偶然在地鐵裡碰見一郎的外婆，老人告訴我，孩子已送到幼兒園去了。晚間的幼兒園很貴，女主人爲此又辭去店裡一個跑堂的，一個人幹兩人的活。現在又比先前瘦了些。倒是一郎和妹妹時時問起我，外婆說，回中國了。

一郎一聽回答：「呵！那是個很遠很遠的地方，比日本大，但比日本窮。我以後去看姐姐，給她帶錢花。」這孩子什麼都知道。一郎的外婆顯得有些驕傲地說。我聽了不知怎麼搞的，眼角有些濕潤起來；但願一郎長大了會明白錢對於人生來說並不是最重要的，我這樣認爲。想想，一郎還惦念著我，又使我頗爲感動。

女子學生寮的風景

提起我留學的這所大學，在日本也算無人不曉。有人說，它在日本全國大學中排名第三，也有人說排名第四。總而言之，名氣不小。日人家裡若有人考上這所大學，鄰居就會肯定其父母教導有方，父母的臉上光彩大增。

我學習日語時，日本老師教我們造句，其中就有「田中先生最近得意起來，因爲他家的老二居然考上×××大學了」。

近些年來，日本女子地位上昇，該大學的校園裡女性的倩影也日益多起來。可是，卻依然只有一幢女生宿舍「女子寮」。由於日本房租奇貴，女子寮每月房租水電煤氣一共纔幾千日元，實在是便宜得讓人難以置信。所以申請住宿者趨之若鶩。

算是幸運，我竟被批准入寮，接到入寮許可書，眞的跟申請到一份獎學金一樣讓人高興。但待住進，興奮的情緒便如落潮的海水一般退去，明白了便宜無好貨的眞理性。

幾千日元換來的，的確不讓人那麼痛快。六平方米的小屋兩人合住，有床還好，要是睡榻榻米，常常是夢中一覺醒來，不是自己冒犯了對方領域，就是對方的手已無意中搭到自己身上來了。這還姑且不論，更有那喜歡挑燈夜戰者，真叫妳一肚子氣無法訴說。

有位同學告訴我，她曾與一德日混血兒合住一室；這女生家有洋房，相當寬敞，其父是本大學名教授，卻也來擠女子寮，想必是為磨練意志之故。她夜間睡得很遲，清晨則聞雞起舞；幾年下來，卻也不見有何佳績，只是苦了同房室友，弄得差點得了精神病，最後只好咬咬牙，搬出去租房子。

還有一位同學的室友，是個文靜的日本小女孩；她走起來總是手提長裙下擺，低著頭，不管有人無人，一律是滿面羞愧樣。在房裡，則像做了什麼虧心事，不停地點頭道歉。稍稍弄出動靜，便如驚弓之鳥，滿臉惶惶然，過了好些天，還會提起，說是打擾了同室友的安靜。與她同住，雖說心身也累，但比起那位聞雞起舞奮鬥者來說，又不知好多少倍了。

住女子寮，最大的苦惱莫過於開寮會；初進寮時，聽說開會是寮生一大苦事，有人不堪其苦，最終只好退寮以示抗議；也有數次缺席者，被強制退寮。

起初，我還頗不以為然。因我來自大陸，開會也開了幾十年了；大會、小會、批判會、表彰會，什麼會我沒經歷過、見過、聽說過，難不成還會被日本的會嚇倒麼？沒想到，還眞嚇到了。

一是名目繁多，計有全寮大會，如迎新會、送別會、寮方針大會、寮緊急處置大會等。其次是各樓層大會，如二樓會、三樓會，各有定規，各有一套，由樓層委員會掌握。三是各小組會議，計有情宣（管宣傳、電話）、厚生（管廚房、洗衣房的清潔及正常運轉）、文體（管體育、文娛活動的組織和器材管理）、會計（管財政，例如收寮費，銀行存、取款，各種費用支出結算）；此外還有一名寮長，好幾名副寮長，及眾多的寮委員。她們是全寮最高決策機構，自然會也就開得比普通寮生更多。

每一個寮生都要編入一個小組，聽說情宣權力最弱，所以會也就少些，我就申請當了個情宣委員；果然是無權力，有如賦閒的文人，議而不作，倒也省得操心。

女子寮會多，難免會碰上有事不能出席的時候。這可就麻煩了，要寫說明書，蓋上印章，早早交出。三次缺席，說明書寫得再令人折服，也要受到退寮警告。所以我整天神經兮兮，絕對不敢忘了開會這一攸關大事。

一次，正在朋友家閒聊，忽然想起開寮會，慌忙一躍而起，奪門而出，攔住一輛出租車直奔女子寮。朋友緊追於後，滿臉狐疑，很以為我神經出了毛病，在一旁小心陪笑；我匆忙之中丟下一句：「忘了開寮會」，她立即振奮起來，告訴出租車如何抄小路趕時間，因她聽我描述過寮會，自然不敢遲疑。

開寮會時還有一招，叫封閉會場。規定時間一過，便開始點名唱到；寮生尊姓大名早已密密麻麻寫在黑板上，到者畫圈，不到者打×，眾目睽睽，看妳臉往那兒放！點名時間一過，則進者不得出，出者不易得進。一是怕有人略施小技，點過名後便逃離會場；二是遲到者需要喫些苦頭，以後不敢重犯。例如要向執行封閉者說明情況，得到許可，方得入門。進入會場時要躬腰駝背，腳步輕輕，面含羞愧之色，心懷懺悔之意；若大搖大擺，目中無人，封閉者說不定又會把妳請出會場。

寮會時間之長，也讓人不敢置信。記得最長的一次，開了近五個鐘頭還無散會之意。我好幾次想上廁所也只好忍著。因出去進來都說不定會碰到一番盤問，我那幾句日語那經得住這番答辯場面？只好洗耳恭聽。

更有痛苦之處，是日本人說話吞吞吐吐，明明聽明白的話，卻不知說話人本意到底是什麼？她說了一大通褒揚的話，也許結論卻落到了貶處。所以，每次開會輪到我表態時都手心出汗，無所適從。請教開會場上幾經風雨的老寮生，這才討來一句：「我和諸位見解大致相同，亦有小小分歧處，還在考慮之中」；果然從此應付有餘，可謂登堂入奧了。

我在女子寮住，最愛去的地方是廚房。因我天性好購物和烹調，一日不在廚房打轉，便覺得缺少了些什麼。在大陸當大學講師時，常把學生請到家中，大顯身手。酒足飯飽之餘，聽到學生一句肺腑之言：「您做的菜比您的講義好多了，我們大伙就愛喫您做的菜，不樂意上您的課。」至今思來，猶覺面赤。誰知在女子寮，我卻因此而廣結善緣，頗受敬重。

廚房是公用的，一天到晚熱鬧非常。好些日本小女孩，還會自己製作點心；烤出來的小蛋糕，比店裡賣的還要好喫。有一寮生，平時功課挺好，畢業之後考上高級公務員。在學時她的男朋友來寮裡找她，兩人約好幾點見面。女孩在他來之前，專門跑去借了幾本烹調書，裝模做樣地看。我見了替她著急，因為我知道她是寮裡有名的咖哩王，只會頓頓煮咖哩，萬一將來被夫君識破，豈不哀哉？

誰知我的擔憂完全多餘。畢業論文和考試一過，她便臥薪嚐膽，好學不倦，整日滿頭大汗，在廚房裡奔進奔出，練就了十八般手藝；最後連中華料理也能像模像樣地做上幾道，只等新婚後下廚，敬請夫婿品嚐了。

女子寮近百個女生，大都正值豆蔻年華；日本女子大多把愛情視同生命，所以女子寮愛的物語自然也就很豐富、很動聽。可是表面上卻是波瀾不驚，靜影沉璧。大門不僅上鎖，還裝有暗號，每晚都要四處檢查看看有無不嚴謹之處。晚上七時一過，所有男性必須退出。白天進出，也要低眉順眼，由所訪女子陪同認可，方能入內。若自由進出，東張西望，管理員的一隻銳眼就會死死盯住你。

我的一個小師弟，年方二十，正是思春年紀，一日心血來潮，藉著找我之由，想來女子寮裡瞧瞧熱鬧。誰知進得寮來，先和管理員打了一照面，管理員是何許人也，早把他那心思看得透透的，橫眉冷對；女孩子進進出出，對他或不屑一顧，昂首而過，或長袖掩面，連臉也沒讓他多瞧兩眼；等到走進我房間，見他已是驚弓之鳥，害得我笑得直不起腰，忙做飯替他壓驚；沒想到菜剛上桌，只聽廣播聲四起，原來已是男子必須離寮時分了。他好不狼狽，可謂落荒而逃。以後我故意問他，還想到女子寮玩玩不？他把頭擺得貨郎鼓似的，連連道：「嚇死我了，活活一個修道院，小的不敢了。」

女子寮有幾個大書櫃，裡面的書報雜誌，大概全是日本政治野心家的讀物，沉重得讓人透不過氣來。公共電視處，若遇有不雅鏡頭，要做出掩面之狀。眞是名門大學女子寮，好一派家教嚴謹的氣象。

殊不知暗香浮動夜黃昏，住久了，你便知道其中奧妙了。女子寮的好幾部電話機前，一到晚上十點之後，便排起長陣來，有人一聊就聊個沒完沒了。瞧那些女子手握電話筒，或溫柔、或嬌嗔、或啜泣、或熱烈，眞可謂千姿百態，這就是女子寮一大景觀：「情人電話」的場面。

更有另一景觀，我叫它：「星夜大出逃」。女子寮前面的馬路上，一到夜間，便會熱鬧起來。小車停一大排，各有暗語，有的鳴喇叭三聲，有的兩聲；有的閃車燈五下，暗號此起彼落；我擔心會鬧出亂子，眞怕有張冠李戴之誤。

最令人難忘的，是聖誕節前夕，寮裡走得所剩無幾。一問纔知當晚是情人相會的日子。這一夜，寮裡留下的寮生彼此都有一種心照不宣的感覺，一種同病相憐的親切感。當然，春花秋月，獨守寮中，更多的是一種悵悵的失落感。當然也沒忘記在那有著一雙洞察秋毫、銳眼的管理員面前，驕傲地挺起胸、暗示她，我們才是寮裡的正人君子。

幾載春秋，有歡樂，也有痛楚。終於，我想搬出這女子寮，去尋找屬於自己的一方天地了。當我把這決定告訴寮裡一位好友時，她一下扳住了我的雙肩，笑盈盈地問：「妳有人啦？」我搖搖頭，半開玩笑半認眞地說：「就是沒有才想搬出去呢！這女子堡壘，男生沒有敢來的，很要有些膽量！我再住就嫁不出去啦！」「妳這主意好糊塗」，她神祕一笑說：「男生知道妳住女子寮，一定會想，名門大學女子寮走出來的就是不一樣，一定很合群、很克己、很懂禮貌、很柔順；當然啦，最重要的是很正經。」

我樂了，想不到女子寮還有這好處，便發誓道：「如果能找到好男朋友，我什麼苦也忍了，情願住一輩子女子寮。」

「那可不行，住一輩子寮，就成寮母啦！誰也不敢娶妳。」她繃起臉，一本正經。呵！呵！我再也忍不住，放聲大笑起來，噓！她低聲說：「管理員來了！」我倆馬上低眉順眼，臉含微笑，一副坐懷不亂的樣子，終於又想起來，我們還是住在女子寮。

農家人

我的血液中有一種農家氣息蘊積、沉澱著。心中總是浮現青青的田野，幾畦菜園、幾架瓜棚，農舍清晨或傍晚飄出的淡淡炊煙；暮色裡，雞鴨慌慌張張地找窩歸巢，灶下大塊的乾柴燒得辟啪作響，新米黃粱拌飯、春韭臘肉雞蛋香，好一幅農家樂喲！

客居日本數年，繁華溫柔鄉裡疏懶了骨頭。看見的綠，總是人爲的綠。櫻花、刺刺荆（日本映山紅譯音）也有一種城市的俗氣。開在溪頭的芥菜花，那一種釋放出田野沃土芬芳的美，在城裡哪裡尋覓得到？所以我很想去鄉下看看，到農家住住，可是在日本這個願望似乎很奢侈。

最近碰上日本黃金週，很多人去海外旅行、去鬧市購物，我卻邀了新近認識的朋友——從美國來日本攻讀農學博士的保麗小姐，一塊兒兒到農家住了幾天。這是我第一次了解到日本農家的生活。

我和保麗搭乘日本高速公路巴士到了小鎮，小鎮被群山環抱，鎮上的商店幾乎都是農民開的，因爲到處有農協的字樣。

町田先生開著汽車到車站接我們；他很年輕，先前也是農民，去年才到小鎮農協銀行工作；銀行對農民開辦貸款，我們去那裡參觀了一下，辦公室很小。

日本道路都由政府修築保養，如此僻遠的鄉下，道路也很好。田野裡，到處是抽穗的小麥，町田先生說：麥子近年來種植較多，因爲日本人的膳食結構西洋化，喫麵包的比例大增。另外，日本農業最缺乏的是勞動力，所以農家都不愛種水稻。

所有農產品的出售，都由農協聯合管理；農協是農民自己的組織，政府對農業很支持、扶植，幾乎沒有苛捐雜稅，只有大米的出售政府要過問管理。

町田先生的家在一座很高大的山前，山峯蒼翠碧綠，只可惜被人工整整齊齊地削掉一半，因住友工業公司安放了一個巨大的桶型鍋爐。

町田先生說，農業鬥不過工業，只好裝作看不見。好在日本工業防噪、防塵、防污染很先進，所以似乎也無關緊要。

一進町田先生家，只見他父親、母親、奶奶、弟弟、夫人都早已等待多時。家中除町田先生外，全部務農，連八十多歲的奶奶也不例外。

町田先生的家是典型的日本木造式房子，建於九十二年前，這麼多年僅僅修過兩次。房子高大、寬敞，院子裡正在把稻殼堆成好幾堆燃燒，摻入細細的黃泥土。

町田先生說，這是農家肥料，給麥田施肥用的；我說，化肥很方便，這麼弄肥料很麻煩。町田先生的父親說：「化肥那東西用多了不好，土都結死了。」可見日本儘管化肥很多，可是農家人依然按傳統方式施肥。

町田家有四臺汽車，其它農業機械也很多。町田的奶奶抱怨說：如今種田花費太大，這樣機器、那樣機器，還不是要花錢去買？先前一把鋤頭、一頭牛，也沒餓死誰，我們聽得都笑了。

町田家的廚房、臥室和浴室與一般城裡人幾乎沒有什麼不同，唯一的區別是廁所。日本農家的廁所沒有沖水設施；町田的母親說，城裡人來鄉下，這一點會不習慣。

兩年前，我在去熊本阿蘇山溫泉旅館的途中，曾與山本太太在一家農民經營的飯館喫飯，全是田園風味，只是飯館沒有類似城裡的洗手間；山本太太也講過鄉下就這一點不好。不知農家在一切都市化後，爲什麼洗手間還是老模樣？

町田家不僅種糧食，還種蔬菜和水果。傍晚，町田的母親帶我和保麗去摘草莓。町田家的草莓地眞是一望無際，不過全是種在塑膠棚裡，地上也鋪著一層薄薄的黑色塑膠布。

草莓的旺季是二月份，如今已近尾聲，可是依然果實纍纍。老人說，每天傍晚必須把成熟的果實摘下，一天不摘就會爛掉不少。

日本草莓價格很貴，小小一盒就要好幾百日圓。所以，一到傍晚，全家人都要去採草莓。採回家，連夜按等級分類裝盒，第二天一早運到農協，再由農協運往東京、大阪等都市。

當地六十多戶人家種有草莓，他們都在同一時間運到農協，由農協的人統一收購、定價、分級，很公平合理。

我們一人手捧一個塑膠盒子，每人負責一壟，低頭儘管採。保麗是邊採邊往口裡送，只管選大的喫。因爲草莓太多，小的一般不採，任它自生自滅，很是可惜。

採草莓無法用機器，而「短工」幾乎找不到。町田母親說，有一次他們一家人採到東方發白，累得要死，發誓明年再不種這撈什子了。可是，草莓經濟效益高，第二年照樣種。

我先是彎腰採，高興得直叫，後來就不叫只採。保麗是位二十五歲的金髮女郎，馬上要當農學博士了，但她似乎對農業比我還不通，喫飽了就罷工呢！後來我也累得彎不下腰，而町田的母親卻低頭直採。

回到家，町田賢慧的太太早已準備好晚飯，全是道地的日本農家風味，大醬湯、新米飯，自家醃製的醬菜有五、六樣，全家圍著一個炭火鍋，把新鮮的魚抹上鹽，烤來喫，也烤鮮貝、大蝦和才摘下的茄子。

五月的日本已很熱，大家喫著烤魚，渾身冒汗；飯後自然是草莓，草莓在冰箱中冰過，又香又甜又涼滋滋地，十分爽口。

晚飯後，一家人又忙著把草莓按大小、色澤裝盒，最小的和不很新鮮的便送去廚房製作草莓醬。

町田的父親說，鄉下的年輕人都快走光了，他有三個兒子，本來是人人羨慕的強勢勞力人家，可是孩子長大都往城裡跑，只剩下老二在家幫忙。老二最近也去附近工場應試了，這麼多活誰來幹呢？老人很擔心。

但町田的母親不這麼悲觀。她說，等她和老伴都做不動了，就把這地全賣了，到城裡帶孫子去。

町田父親說，我不是爲咱們這個家著急，而是爲日本農業著急呢！保麗說，全世界都一樣，搞農的就是累，她唸了農學博士還整天想著換行業呢！老人聽了好傷心，說，鬧到一天大家沒飯喫了，才會知道農業的重要。

日本農家收入甚豐，這一點光從町田的家境看就可明白。不過老二說，他一直娶不到太太；當農家的太太很苦，城裡的姑娘不會想來，鄉下的姑娘又忙著往城裡跑。

町田家的老二有程度，小夥子長得很帥，性情又很好，不像別的日本男人，他居然幫著嫂嫂洗碗。我開玩笑說要幫他介紹一個中國女孩，他媽媽聽了好高興。

老二直追問我是否記得他家地址和電話，巴巴兒地抄了個大大的通訊地址給我。保麗也聲稱願意幫忙，可是町田家的人一致表示對高鼻子媳婦沒有興趣，只把希望寄託在我身上。

我和保麗要回城裡了，臨走的那天夜裡，町田先生的母親和太太在廚房張羅到很晚，給我們準備第二天在路上喫的便當。

他們煎了紅鮭魚塊、小蛋餃、茄夾，米飯裡撒上醃蘿蔔，裹上紫菜海苔皮。我說，不要這麼麻煩，又不是給別人看，是喫進肚子裡的。町田太太說，雖不是給別人看的，但妳倆在車上喫便當，別人看到會想，誰家的媳婦這麼笨、這麼懶？日本的農家自尊心好強呵！

農家數日，淡淡的鄉情，撫慰了我這異鄉人。離別時，當汽車駛離那青青的麥田，愈來愈遠，終於駛入都市的喧嘩中，我的心放不下的依然是青青的麥田、紅紅的草莓，和素樸溫馨的農家人。

日本人性格ABCD

日本民族是一個集團意識頗濃厚的民族。就連性格也不像其它民族那樣多采多姿、千人千面。來日本幾年，接觸的日本人不少，可細細回顧起來，他(她)們大抵差不多少。有朋友自東京來、大阪來，談起各自所接觸過的日本人性格之種種，竟分不清張三、李四、王二麻子。所以，我常跟一個研究日本國民性、正爲博士論文忙得焦頭爛額的女友講，要她只管放心，房東太太的喜怒哀樂、善惡勤怠，便是兩億多大和民族的國民性。她起先不信，半年下來，便信而不疑，反用這經驗救了其它幾位，只聽說學位在即，皆大歡喜也。

我講這，便是想說明，我描繪的日本人性格ABCD，大抵是共性，用不著擔心會跑出幾個異樣的日本人來。

性格A　懂了裝不懂

我在大陸，教了七、八年書。從中學老師到大學老師，從僻遠的鄉下到繁華的都市，學生們有一點最讓我頭疼，那就是不懂裝懂。你問他，他講懂了，可一讓他自己回答問題，卻是漏洞百出，原來是不懂裝懂也。氣得我有一次口出妙語：「你們就會不懂裝懂，怎麼就不會懂了裝不懂？」學生大笑，我也好笑，世上不懂裝懂有情可原，懂了裝不懂，可就不好理解了。

可日本人恰好相反，懂了裝不懂，而且裝得好像。

我在日本也教書，教大學生，也教社會人，老老少少，都有這德性。我領教下來，方明白懂了裝不懂，要比不懂裝懂更可怕，前者帶有逞能心理，自欺欺人，頗有幾分頑童的天眞、傻氣。後者則沉穩、造作，用心深遠，如成人的假笑，讓人摸不著頭腦。

我第一次登上日本大學的講臺時，對自己的日語並無自信。於是總是每講完一段，便問學生明白了嗎？學生你望我，我望你，惶恐不安，都擺擺頭說：「わかりません！」（不明白呢？）

我急了，不明白，多可怕！於是我又重複，結果他們依然：「わかりません！」偶而有一兩個點頭似乎表示懂了，可一問，絕對又是：「わかりません！」我無計可施，眼淚從眼角湧出，又浸透到心裡去，心想教書這碗飯我是喫不成了。

期末考試，我便挑了那最簡單的題來保護我的わかりません學生們，不想如意算盤落空，室主任大筆一揮，便換上了許多難題，我心中叫苦，只準備學生個個交白卷。不料個個滿分。監考的老師高興得像中了彩票，原來規定考兩個小時，結果四十分鐘不到便都交卷，監考老師便偷了一個多小時好去喝酒。

我改卷子的心情眞是像日本人做的中華料理，什麼滋味都有。想笑、想哭，又氣、又驚，亦喜、亦惱，心裡解不開這結，問了一位在日本住了一輩子的老華僑，他立即面露惶恐之色：「さ，わかりません！」然後忽地一笑說：「當你看見一個人臉上是這表情，口裡說這句話時，你就知道他是日本人了。」哦，懂了裝不懂，是人家的國民性，並不是對我小舟不滿，我便釋然。可是現在想起我昔日那些大大咧咧、不懂裝懂的學生來，心裡竟會泛起陣陣柔情。其實，他們還是孩子呢！而日本的孩子，卻早已是大人。和孩子一塊，可氣之處多，可心不累，所以，我喜歡孩子。

性格B　扶富助強

中國人有的是古道心腸、路見不平、拔刀相助的好漢。看見富人就貼上去親近，看見窮者就撲上去亂咬的一定是長了勢利眼人家的狗。有一件事，我記了好些年。我的父親有兩個妹妹，一個同父同母，一個異父異母，父親做了大學教授，便每月必定寄錢給鄉下的兩個妹妹。親妹妹少些，不親的妹妹反而多些。我問父親爲何這樣？父親說：親妹妹家境好些，不親的妹妹家境差些，扶窮助弱，乃是天經地義。日後妳爲人，亦當如此。來到日本，我便糊塗了好久，因爲這裡的人扶富助強，乃是天經地義。

比如日本的奬學金制度，就體現了這一點。一個月拿十七萬日圓的不用交學費，房租有補貼，而拿二萬日圓奬學金的要交學費，房租當然也是自己負擔，這是扶富欺貧吧！你今年有奬學金，那好，明年還會有你一份。理由是：人家去年都拿了，今年哪能不拿呢？你今年沒有，明年也就保不著依然沒有，理由也很簡單，你今年就過來了，明年也能過。

在日本，你可不能軟，別以爲會有人同情你。我當學生的時候，研究室兩個日本同學，兩種命運，我親眼所見，眞是無限感慨。一個個子小小的，叫松本，脾氣好極了，臉上永遠堆著笑，誰有事找他幫忙，沒有叫不來的。人人說他好，可人人又都欺負他。後來他突然好久不來學校，躲在六疊的小屋裡，不願見人。最後離開了大學，進公司工作了。他講以後到了新環境，一定要學厲害些，第一天就厲害，永遠厲害，不然他還會躲進小屋。另一位正相反，進門常用腳猛地一踢，眼露凶光，見誰都不順眼，結果連教授也討好他幾分。日本同學講，教授也是人，也會怕厲害的。他現在任教於某名門大學，據說是蒙教授力薦。

日本孩子更會欺軟怕硬，一個女孩子被同學活活踢死；一個十四歲的女中學生出版了日記，題名爲「受欺負的日日夜夜」。我看過她在電視上出現過，哭著說，我不是想當小作家，我只是想讓父母、老師知道了，同意我轉學。

扶富助強，算不算日本人的性格特點呢？我請教過一個日本人，他是一位名記者，跑過許多國家，見過許多世面，他肯定我的設問，並且說，正是由於這一性格特點，日本民族成爲世界一強，難道扶富助強不也是人類一種淘劣擇優的進步行爲嗎？他反問我，咄咄逼人。我無言。我無法否定他的設問，只是，這樣做是不是太殘酷了一些？我這個人天性軟弱，所以我的結論是；還是扶貧助弱，多一些愛也許更好。

性格C　生命誠不貴

匈牙利詩人裴多芬有詩云：生命誠可貴，愛情價更高，若爲自由故，兩者皆可拋。想是總結了人類之共性。中國人畏死珍生，把身軀膚髮謂之受之父母，不肯輕視，講究養生。來到日本，卻發覺日本人截然有異。

日本婦女生產之後，不坐月子。生後便下床勞作，飲食也無半點禁忌。聽我講起中國人之種種有關習慣，像聽一個奇聞怪事。我認識一個日本女友，生完孩子剛一周，就滿世界跑，我要她注意休息，她不解地反問：「我沒生之前，挺個大肚子，到哪都不方便。孩子生完，我渾身輕快，不跑更待何時。」我又好笑又憐惜，不知何言以對。

獻血是人類之愛心，本是不易之事。中國人把血看得神聖，斷不肯輕易奉獻。許多醫院，採血不易，一般出很高的價格，還招攬不來肯獻之人。我的一個大學時代的女友，爭強好勝，和男生一道，獻過二次血。後來她得了一場大病，大家便認爲一定是獻血所致。從此更是談虎色變，不肯輕易獻血。

來到日本，發現許多人獻血，都是自覺自願，且無任何補助，一瓶桔汁讓獻血者邊喝邊看電視，抽完起身就走。立即工作、學習，並不認爲需要休息。一個日本人對我講，血多了沒用，抽了很快就會再生，把它奉獻給需要的人，既是幫助他人，又於己毫無損害，何樂而不爲？據說，日本血庫全是無償者提供的。

日本人不珍生，也不像中國人那樣對孩子特別愛憐。日本的孩子不嬌氣。

我曾給一家有錢的日本人帶過孩子，大孩子五歲，是男孩。小孩子兩歲是女孩。剛去第一天，孩子的母親便告訴我可以打他們，我以爲是客套。後來纔知是眞話，打了不說，還要重打。喫東西也無特殊，大人、孩子差不多。外出時，都自己走，孩子的詞匯中少有「媽媽抱我」這句話。穿得也是少少的，一次冬天下大雪，我在地鐵站看見一母親帶孩子等車，孩子穿著短布褲，凍得兩腿紅紫，對母親講：「お母さん，我冷。」那母親立即笑話說：「冬天哪有不冷的。」好些留學生把孩子放幼兒園，日本政府規定可免費，可就是有一點大家很不放心，阿姨總是不給孩子多穿衣，一去就幫孩子脫得和日本孩子一樣，結果老是發燒。

我有一年夏天，在一所小學當游泳指導員，賺取新學年的學費。規定要往游泳池中投放藥物消毒，我和另一個巴西來的女孩子弄不清該投多少，也許投入太多了，結果水中濃度很高，孩子們上來後，一個個兩眼通紅，直叫疼。我倆嚇得要命，生怕陪同的家長會質問原因，找我們算帳，急得要哭。結果家長根本沒往心裡去，反倒訓孩子，「要你快點回家你偏要游，游久了還能不眼疼！」孩子們也不敢申辯，乖乖地離去。巴西女生吐了一口氣說：「幸好是日本媽媽，大大咧咧，不然我倆該闖大禍了。」

我的一個女同學，嫁給了日本人，便從來不講也不許別人講日本人的半點不是。大家就開玩笑，叫她是日本政府發言人。可有一次，發言人無限感慨地對我講，日本婦女眞可怕，一吵架就口出「殺了妳！」這句中國婦女很少講的話。死也是經常掛在嘴邊，日本語是很曖晦的語言，修辭的成分比中文多許多，可對死這個字眼卻並不刻意迴避。對死亡的認識也很通達。日本人過新年時，電視節目也特意製作。我剛到日本的第一個新年之夜，和妹妹兩人興致勃勃地看電視，我因初來，幾乎一句話也聽不懂，眞正是看熱鬧。看著，看著，妹妹臉就沉下來了，直叫快快關了電視。我纔知道，電視特意在三十晚上的黃金時間，在日本人全家團坐一塊，喫蕎麥麵、放鞭炮、聽寺廟鐘聲大作時，放了一個長長的新近逝世的女歌唱家演唱的鏡頭。第二天一大早，又放了一個叫新舊鬼錄的節目，把去年一年日本逝世的名人通通播演一遍。我問日本房東太太新年把這麼多死去的人演出來是不是不吉利？房東太太聽了很喫驚，說：「死和生有什麼不同？這些人大家都很熟悉，很崇拜他們，所以纔在過新年這個好日子播出，平日還不易看到呢？」

我在日本的第二年，搬到大學的女生宿舍住，日本人叫女子寮，寮裡訂有好幾份報紙，報紙裡常常挾帶許許多多的花花綠綠的廣告，我見一份廣告是一個臥佛像，釋迦牟尼靜靜地平臥著，嘴角有不意察覺的微笑，背景是藍色的大海和蒼空，上面寫著：我使你的心永遠寧靜。我好喜歡，便問同室的女友，掛在我們房間好不好？她講很好，快快掛好。將來我們倆死了之後，也到這個有臥佛像的陵園去住，和佛、大海、蒼空一塊。說完就張羅著往牆上掛。我聽了嚇得七魂出竅，她才二十，我也年輕，怎麼就想到死。我反問她，她說，這幅畫是一家專門從事喪葬事業的公司的廣告畫，挺有名，日本人一看就知道。我說，那你幹嘛不早講，我知道是這個意思就不會往房間拿。她聽了好奇怪地望著我，反倒認爲我怪怪的。因爲日本人心目中，大概並不禁忌死亡這個話題。

日本的武士，把死看得很輕，自刎是人們很熟悉的日本武士道精神。平凡的人，爲人生的失意、苦悶，自殺者也很多。視死如歸，日本民族精神中是頗具此意味的。生命在他們看來是人生的暫住，沒有特別值得珍惜的。所以，日本醫者重治療而不重養生。中國人的形形色色的補品和養生術，日本人似乎興趣不大。大概認爲生命非人力所求，也無足於求吧！

生命誠不貴，日本人的國民性中是有這個傾向的。問題是怎樣比較正確地去分析、看待它？它對日本民族而言，又有什麼特定的意義。我抱著這個疑團，請教了我的一個老師，他是研究日本人精神生活史的，我雖不是他的私淑弟子，但自從在一次學術會議上認識後，便常常通信，互致問候，也討論些學術上的問題。他講，生命誠不貴，即縱即逝，自自然然而來，又自自然然而去，這使日本人擺脫了人類永遠困擾的命題——死亡。所以，他們看不透生命的短暫，把生與死的巨大差異空間巧妙地銜接起來，所以，他們努力、勤奮，拼命地活著，又淡然地對待死亡。七十多歲的老者依然想著存錢，他並不認爲「聚到多時眼閉了」有多悲哀。二十歲的少女就敢正視死亡，她並不認爲死亡離她還很遙遠。所以日本民族是沒有多少生死負擔的。他們看不透，又看得似乎太透。我的朋友山本太太有一套漂亮的黑色和服，她無論是出席婚禮還是出席喪禮，都是這一身，只是換上不同的花邊小裝飾而已。人生的快樂之極與悲哀之極在這同一黑色中朦朧了界限。

美國人是重肉身的，越戰中戰死的美軍士兵的屍骨，政府總要千方百計地找回，讓他安息在美國的大地上。而日本人對死後的處理就簡單的多。我們從這些細節中感受到日本文化中那種也許是大徹大悟的精神，或許也可以說，一種原始的、近乎粗糙的文明。對生命與死亡的態度，正凝聚了這個民族的許多不爲人解的奧祕。

性格D 文明與不文明

日本是個文明國家，禮節很多。這一點世界聞名，初來日本，我也著實感動了好久。心想，儒家氣象、東方溫情，眞是個禮義之邦。

幾個日本朋友要去中國旅行，特地趕來找我，很不好意思地說：小舟，聽說你們中國人的廁所常常不修門，眞不可思議！我們想去中國旅行，可一想到這，就害怕……我這人民族自尊心特強，且一聽臉就紅了，可一想又找到了解釋的道理。我說，都是女人，所以也沒什麼不可思議的！如果是一個男人闖進來，那就可怕了。我的學生時代，女孩子們很愛在廁所講悄悄話，有門也不關呢！她們聽了我的話，那喫驚的模樣，活像我是一個從哪跑出來的怪物。我立即打住，心想在文明的日本人面前，我怕眞是個沒教養的野蠻人呢！

住久了，我便常常迷惑起來，對日本人文明還是不文明無法下結論。不只一次，我想這個民族多麼奇特呀！

我起初住的房子租金便宜，可是沒有浴室，我便到附近一家公共浴室去，常來常往，和浴室的女主人便熟了。她大概四十上下，挺漂亮，她家的浴室分男女兩部，中間用一排高櫃隔開，她便坐在中間登記、收錢，也就是說她可以同時看到男人和女人赤裸的情景，常常聽見她和男顧客們聊天，她有時和他們開些玩笑，講得很色情。我有一次禁不住說：「你應該讓你先生管男部，你管女部，不然太讓人不好意思了。」她聽了一笑，說：「是呵！我先生病了好幾個月了，他病一好，就要代替我的。」「他就坐這，看我們洗?!」我大喫一驚，急忙問她。她肯定地點頭，說：「難道你們中國人不這樣做嗎？」我從此再也不去那浴室了。

日本電視節目規定不能暴露人體下部，連幾個月的嬰兒也不許露出來。我的兩位日本女友見我當時半歲的兒子穿著開襠褲由我母親把尿時，笑得前仰後翻，從此便專門送他一條褲子，讓他成爲一個文明兒童。可是，日本男人不管有人沒人，不管人多人少，就隨地小便的情景我不知碰見多少次了。

日本人文明乎？不文明乎？我問一位精通日本文化的美國人，他在日本住了好些年，據說是愈住愈陌生，有時他讚日本人，有時他又罵日本人，聽了我的疑問，他說，文明也，不文明也。骨子裡是野蠻，表面是文明。隨地撒尿、洗澡不分男女（日本常有男女混浴，不是色情場所）是骨子，廁所要裝門，則是文明，是表面。他的解釋也不盡人意，可沒法子，日本人的性格就是一個矛盾體，你永遠看不清、道不明。

一九九三年六月於日本博多海灣

（此文與小妹夏茜合作）

不用看醫生

我是個未足月生下來的孩子，又正巧碰上大陸六〇年代初的大飢荒，所以從小就病病歪歪的。來到日本的第一個星期，我就入了健康保險，每月到市役所去交不多的錢，就可以自由進出全日本所有公立私立醫院。自己交百分之三十的錢，又把這百分之三十的錢交給日本國際教育協會去報帳，扣除百分之八十之後，才是自己掏腰包的錢，所以看一次病很便宜，無論治牙、住院都依此例，不像美國那麼令人裹足不前。

日本的醫院很乾淨，醫生都是雪白的大掛，襯衣的領子燙得一絲不苟。醫院的大廳裡有花、有畫報、有電視，一排排的沙發上坐著紅男綠女，他（她）們是患者。可日本人去醫院看病，男的西裝革履，女的絕對化妝。她（他）們認爲這是對醫生的尊重。護士小姐穿著白色的裙、白色的鞋襪，頭上包一條淡藍色的三角頭巾，說話輕聲輕氣的。把保險證交上去，電腦就把你的名字打入傳呼系統，等待廣播中叫號，廣播用的全是敬語，好聽的聲音告訴妳進入第幾診室。如果二十分鐘還未受到傳呼，患者可以直接到詢問處報出姓名，那兒的工作人員會對妳鞠上七八個九十度的躬，表示他們工作的失誤，立即做出安排。患者在醫院的地位跟上帝一樣，我去過公立醫院，也去過私立醫院，每次都受寵若驚，病也好像去了三分。

日本的醫生幾乎都是男的，連婦產科也如此。有一次我去做例行的婦科檢查，才發現醫院為病人想得十分周到。診室用白布圍得嚴嚴實實。患者躺在檢查臺上，根本看不見醫生的臉，醫生也自然看不見患者的臉。女護士很周到地指示我怎樣接受檢查，等一切就緒，才聽見護士對隔著布幕的醫生說：「可以開始了。」醫生又向我親切地說：「就要檢查了，非常失禮，非常失禮。」檢查完畢，醫生又是一連串的失禮呀！對不起呀！然後雙方才掀開布幕，坐在一塊，我心想這樣做的確使患者減少了不少心理負擔。我的朋友們也說私人診所一樣，醫生是見不到患者的臉的，一切都由護士和患者打交道，直到婦科檢查完畢後，才會和男醫生見面。

日本的醫生對病人不保密，他把攝影的片子啦，檢查的結果呀，通通擺在病人面前，很詳細地告訴你一切，然後再把他的分析和治療方法告訴你。公立醫院如此，私立醫院也如此。這是必經的一道程序。妳不懂，他又是畫圖，又是把人體模型搬出來，直到你說：「娃卡妮娃西達（明白了）。」他才高興地笑了。發藥時，護士總是說明好多遍，連收錢的會計也要對病人說上一句祝妳健康，多保重，才把錢收下。

日本人的藥，效果比較慢，因爲日本民族是個很謹慎的民族，他們用藥亦如此。總是小劑量，慢慢來。同樣一種抗菌素，日本製造的就比國外的顯得無力一些，但是它的安全係數高，講求一種和諧性，不會有大的副作用。日本醫生做手術也是如此，非常鄭重和認眞。去年，我的手指頭患了膿性指頭炎，到一家醫院切開導膿。醫生看了又看，還畫了手術圖給我看，說他保證切除最少部分的指甲，達到最好的排膿效果，他甚至設計了三種不同的手術方案，問我哪一個比較好，我大大咧咧地說：「反正指甲很快就會長出來，怎麼簡單就怎麼弄吧！」他好喫驚，說了一套大道理，大意是膚髮指甲，受之父母，要小心愛惜。做爲醫生，不可一刀不愼，而要千萬小心云云。

日本的醫院，還放置許多保健的資料、宣傳品，要病人拿回去好好研讀，我收藏有一家名叫千早醫院的「長壽十訓」，現一字不漏，轉抄如下：

一，少肉多菜，二，少糖多果。

三，少煩多眠，四，少言多行。

五，少衣多浴，六，少塩多酢。

七，少食多齟，八，少怒多笑。
九，少欲多施，十，少車多步。

我相信每一個中國人都會明白它的意思，只有兩個字日語和中文有些不同，塩是中文的鹽，酢就是中文的醋。這首「長壽十訓」（日語壽寫作寿，意思和中文通）的作者叫橫井也有，生於一七〇二年，卒於一七八三年，活了八十一歲。他是日本江戶時代的武士，後來又做了伶人。這首「長壽十訓」概括了日本民族的飲食、生活規律，如淡食、喫醋很多，穿衣不主張多、小孩子冬天也穿短褲、每天要洗澡等等。據統計，日本人口平均壽命居世界首位，這當然和這個民族的傳統生活方式有些關係。「長壽十訓」也受到亞洲中心文化中華文化的影響，因爲江戶時代時日本文化基本內核是中華文化。

在日本看醫生，花錢不多，質量上乘，還受到免費的各類保健指導，增長了不少知識。千早醫院的護士小姐親切地對我說：「把『長壽十訓』貼在您家牆上唸唸，您就只看它不用來看醫生了。」我好高興，特意寫下此文，願天下的朋友都不用去看醫生。

愛人

在大陸，愛人是太太、內人、內子、夫人之意。在日本，愛人則是情人、妾、姘頭、小老婆之意。名份不同，叫錯了要挨駡，甚至挨打的。所以，我對此是嚴格區分，十分注意，從不含糊的。尤其是在山本太太面前，因爲山本太太就是一個愛人。

山本太太是小舟的日本版，我總疑心我的先祖和她的先祖有什麼瓜葛，儘管家譜上沒有記載，可愛人是不上家譜的。這當然是胡說八道，不過我和山本太太一塊，別人就會笑我倆像一個模子鑄出來的，所以，惺惺惜惺惺，我很喜歡山本太太，她大概要算我在日本最好的朋友。向上帝禱告時，我也常求上帝保佑我的朋友山本太太。願她幸福，願她早日榮昇太太，當然這個榮昇，是要不損害他人的榮昇。

我讀研究生院的時候，曾在一所小學校打工，這是我在日本最得意的打工，叫校園開放指導員。一小時合十美金，活兒既輕鬆又刺激，小學校的操場很寬敞，日本人多地少，操場就像沙漠上的綠洲一樣稀少和珍貴，附近社區的人們想跑個步、打打球、跳跳沙坑就要到小學校來，所以日本政府就規定周六、周日校園對社會開放，我就是管這個開放的權威人士。我把一面藍色的校園開放旗一昇起，人們就從四面八方湧來。旗幟不昇起，就意味著不開放，那旗桿高聳入雲景別提有多威風，住得遠的人家還特意買了高倍望遠鏡，專門觀察我的小藍旗，小藍旗在風中嘩啦啦地飄，人們就知道小舟在，今天校園開放呢！昇好旗，我就把校園開放指導員的袖章別上，在操場上巡邏，巡視時我那模樣很像個女皇。可光巡邏還不行，還得指導，教孩子們打球、跳繩，甚至游泳。所有的體育活動我只會三樣，慢走、快走、小跑。快跑我不行，心臟會蹦出來，所以，一個月做下來，就有人回響了，說第六小學的操場上的小孩子們全都成了小綿羊，跟著一個叫夏小舟的中國指導員在操場慢慢悠地散步，我大日本國的勇猛少年長此以往，實在後果令人心憂。此事關係國家大事，校長便決定要召見我。我慌急了，本想逃走不幹了，可那一小時十美金的報酬又實在太誘人，所以便硬著頭皮，灌了幾口日本最有名氣的滋補品——養命酒，趁著酒氣壯膽，紅通個臉，去見校長。

沒想到這郊區小學有這麼一個風風光光的人物，校長藤田先生，年方四十五、六，身高一米七以上，這在日本便是偉大丈夫了。更難得是他濃眉大眼，英氣逼人，態度不卑不亢，我心怦然一動，想起一句京劇道白：「美哉！少年」，又覺不妥，他不是少年了，一時想不起適當讚美辭句，正在腦中苦索，猛然想起今天是我蒙難日，還有心思管他美哉不美哉！校長先生定定注視了我好一會，不知爲什麼，他溫柔地衝我笑了，對我說：「走，上操場去！」我乖乖跟在他後面，他先叫我投籃球。小學校的籃球架子很低，可我一是笨，二是緊張，怎麼也投不進去，好不容易有一次那球擦了網，眼看要投中，偏偏又蹦了出來。校長又要我跳坑，我跳了跟沒跳一樣，還在原地，我還想做一次努力，他表示不必了，可以表演一下打網球，他在那一頭，我在這一頭，他穿著皮鞋、西裝領帶，我倒是運動衣、網鞋全副武裝，有模有樣，小學生們發現校長了，便呼地一下圍了上來，大概我的無爲而治頗得人心，小學生便很希望我贏，一個孩子壓低聲音急急地叫：「小舟指管教官，妳的球拍拿反了方向，快快換過來！」我一慌，從右手換到左手上去，幾分鐘下來，比分是三比零，我全面敗北，垂頭喪氣跟在校長後面，走進他辦公室，我酒氣已嚇走，面容慘白。

校長用手指敲打著光滑的桌面，細瞇著眼望著我好久好久不出聲，臉上有幾絲淺淺的笑意。

「妳的指導能力我已領教，不很高明，對吧？夏小舟教官？不過孩子們喜歡妳，這一點我知道，所以，敝校還是想聘用妳，但要努力提高指導水準，明白嗎？」

我「哈意」一聲站起來，決心好好幹，以報效校長「包庇」之恩，他忽地一下脹紅了臉，手指敲打得更急了。「我有一個好朋友，女的，她叫山本惠子，她有點兒像妳，不奇怪，中國人、日本人所不同的不過是血，而血是一樣的顏色，紅的，對嗎？如果妳不反對，我想讓妳倆認識，我想妳沒有理由反對，認識一個跟自己有些相近的人，不是很愉快麼？」

就這樣，我認識了山本太太。當時，山本太太是四十多歲，她終身未嫁，至少是至今未嫁。後來，才知道，她是校長先生的愛人，她爲他生了一對兒女，可孩子們不姓藤田，姓山本，他們和母親住在一塊，戶籍上沒有誰是父親的記載。堅強愉快的山本太太在社會的夾縫中頑強生存，她是一家醫院的助產士，據說，山本太太二十多歲開始在這家醫院工作，看怕了婦女生產時的苦痛，決心不嫁人。可藤田先生的太太到這家醫院生產，她便認識了藤田先生，她比他大，又決心不婚，本來芳心緊閉的山本太太一下做了藤田先生的愛人，而藤田先生沒有理由拋棄妻子，他的妻子很賢慧，再說離婚也是勇者的行爲，藤田先生內心是個很顧面子的男人，也是個下不了狠心的男人，只有這山本太太一往情深，當然，藤田先生很愛她，這一點我看得出來，不然，藤田先生不會讓他的小學校的校園開放指導員是我這麼一個笨人在幹的。我把這話告訴山本太太，她羞羞地承認了，我相信，她一定告訴藤田先生我說的話了，所以，第六小學的操場上每個周六才會有一個根本不會指導的指導員在那兒混飯喫呢！

人的命運很像唐山老頭兒手中那一堆五顏六色的彩泥，一面兒捏成一個模樣。有的人注定要當強盜，竄入綠林；有的人注定是個領袖，叱咤風雲，而山本太太卻注定要當別人的愛人，所以，和我講起命運這話題，山本太太總是有根有據，讓人折服。

山本太太服務的醫院，是她祖宗留下來的產業，明治時代，西方醫學傳入日本，她的先人負笈西遊，在德國留學歸來，辦起了這家當時可稱領風氣之先的婦產科醫院，她是女孩子，沒有繼承權，可是她擁有三分之一的股份，所以山本太太一和哥哥吵架，就揚言要撤股，哥哥害怕，只好順從她。

少女時代的山本太太追求者好多，她沒看中一個，後來她做了助產士，成爲山本婦產醫院的臺柱，在婦女生產的痛苦哭叫中泯滅了嫁人之心，沒想到一碰見藤田先生，便全線崩潰了，成了他的愛人。

「我一眼看見他，便知道我無可選擇，無處躲避。小舟，男人和女人發生愛情，就變成了不可救藥的獃子，什麼都顧不上，什麼都可以拋掉，只要擁有他就好……」山本太太說。

「可他並沒成獃子，他正人君子，坐在那倒也算堂堂皇皇的校長皮椅子上」，挺得意呢！」我想起了他召見我時的情景。

「他也夠可憐，認識我之前，他是你們大學理學部教授呢！國立大學不允許教師有外室，他就辭職了，那所破小學的校長有啥好，皮椅都是割引貨（日語減價貨之意）！」山本太太一臉不屑樣，她的兒子今年上小學，她把兒子送進城裡貴族小學去，每天接接送送，麻煩極了，她不讓孩子到我們第六小學來，嫌這學校沒水平。「再說，孩子看見他爸爸叫什麼好呢？還不是讓人看笑話！」山本太太好傷心的樣子。這好強一輩子的女人，在這時候總是淚水漣漣。

「我只怨命不好，我認識藤田先生時，他剛剛結婚不到兩年，我要趕在他結婚之前見到他該多好！」山本太太總是講這句話。

「是妳不對，人家有太太妳還去湊熱鬧，妳這叫活該！」後來，我們熟了，我就生氣地教訓她。

山本太太不敢生氣，她長嘆一聲，說：「命，小舟，我只怨命。」

山本太太善良、正直、敬業，又很愛講笑話，四十多歲的婦人了，可常常簡單像一個未涉世事的女童，所以我很喜歡和她在一塊，我尊稱她山本太太，表示對她名份的肯定，她很感激我這一點，可又一想我的封號不管用，反而傷心起來，唉，世界上為什麼有這麼多形形色色的苦惱呀！好好的山本太太，偏偏是個愛人，我想不通，眞的想不通呢！

琴事

在大陸，鋼琴是件很稀罕的東西，尋常百姓家是侍候不起這洋玩藝的。小時聽母親講笑話，說洋人想和中華炎黃子孫做買賣，運來好些鋼琴和洋餐具，心想中國該有多少家庭，家家琴聲繞樑，刀叉和筷子打架，把筷子趕出堂去。誰知鋼琴、刀叉不合國人脾性，至今未受國人青睞，倒是那鴉片又是禁、又是燒，弄不好還要坐牢殺頭，卻總有人偏偏離不開它。母親講這笑話，起因是我家就有一架鋼琴，德國產，色深紅，性喜靜，因為妳要用手撥弄它，它就很反感，半天不跳起來，伏在那打瞌睡。我家房子不大，這麼個笨重傢伙站在那很讓人頭疼。小時候，我家姊妹晚上做功課，先要用手比劃輸贏，勝利者有權選上席，那兒離電燈最近，又是一張有靠背的藤椅。失敗者只好坐在大木方櫈上，在昏暗中苟且，最下者便被迫與鋼琴做伴，在那上面做功課，書攤不開，手撐不住，大家表示同情，可誰也不肯挨到哪受罪。

母親說家破財散，只有鋼琴逃過劫難，也算與夏家有緣，所以對它有一份親情。我們姊妹都會彈，不過既無師法，又都不認識豆芽菜（我家五妹的說法，五線譜彎彎曲曲，很像豆芽菜），所以彈的都是野語村言，登不了大雅之堂的。後來，我家姊妹紛紛別走他鄉，鋼琴成了懷鄉夢中很重要的一景。一次，我問母親那琴可是別來無恙？母親說，唉，請了琴師校弦，琴師說它渾身毛病，讓母親另請高明。我聽了好難受，天長地久有時盡，這琴也終將老去呢！

我任教的女子大學，是名門女大，培養的是淑女，自然缺不了要學鋼琴。鋼琴是必修課，逃不過的。教室每層都有琴房，日產鋼琴音色不差，且造型小巧，我常常躲進琴房，在琴弦上尋找我少年時代的夢。

古澤幸子是大學的鋼琴教師，和我一樣是非常勤，因爲學校規定非常勤老師要按學歷付給工資，所以我憑學位時給比別人高出近一倍，古澤幸子不服氣，從來見我就沒好氣，可我教文學，她教鋼琴，井水不犯河水，倒也相安無事，只是她一見琴房飄出我的琴聲就必定要關心一番，不是搬弄我的手指訓練指法，就是強迫我去認豆芽菜。我小舟從小學琴自成體系，風格早已養成，豈是她所能改變過來的。我不聽指揮，她就報告大學好事者，說我亂彈琴，邪音四佈，偏偏好些女孩子對我的中國樂曲很有興趣，一曲梁祝，風靡女大，好些人找我要譜子，好事者在古澤幸子率領之下，找我談話要我認錯。彈琴惹出如此一段公案，我眞是又氣又急，氣急敗壞，從此不理幸子，見到她就裝作高度近視，矇混而過。

女大任教數載，朋友不少，敵人就幸子一個，我好生奇怪，便特意查她生辰年月，發現她已四十九歲，屬虎。而我呢，屬猴，啊！原來如此，山中無老虎，猴子稱霸王，如今，山中有了她這隻虎，哪會讓我這隻猴子折騰呢！從此，我對她有敬、有畏，兼點無奈和仇恨，心情複雜極了。

我們中國人，都有些愛管閒事的壞毛病，而日本人卻學了西洋人的，私人之事屬私人，所以我也受了影響，一塊共事數年，我除了知道她屬虎之外，其他全是未知數。

忽然，有一年春天，櫻花將謝，學校就在山間櫻花樹下祭花，說要挑一個人當花神，花神不僅漂亮，還要有福氣的人，比如嫁了好丈夫，又有好兒子，都算有福氣。幸子提議說，小舟有福氣，一天到晚笑瞇瞇的、樂哈哈的，妳瞧電視上中國大陸的，乘著一艘破船闖日本海岸，一個個餓得面黃飢瘦，小舟卻在這教書，工資還比我們日本人高，還不有福氣嗎？眾人不吭氣，大概覺得無道理。我從小就笨嘴拙舌，吵架除了我家小妹不是對手外，其餘全是失敗記憶，我慌得無言以對，正想接過花神手杖，看見學部長的眼神比我還慌，我一想，哦，我怎麼這麼糊塗呀！我是一個有過丈夫又分手的女人，我靠教幾節課養活自己和孩子，我住貧民住的房子，我愛孩子，卻無力把他帶出來，我有我的愛，卻遠隔千山萬水，我的人生有什麼幸福可言呢？我放下花神手杖，知趣地退到一旁。花神選了一個叫桃子的女教師，因爲她的丈夫就是鄙大學的教授，桃子總說她教書是鬧著玩的，她鬧著玩卻做到了教授，她教茶道，不是本事高，而是她的娘家是日本茶道名門，喝茶人人會喝，茶道看幾次就會，可人家只要她教，這叫專利。所以她當花神，大家都認爲好。幸子放過我，又盯著桃子了，我看她眼中有一種哀傷，酒也喝多了一點，說話聲很大，我聽她講：「我在這兒教了二十多年書，女教師就這麼幾個人，可我苦命，花神從未有過我當，我也快退休了，明年爭取當花神。」大家都笑了，問她何時當花嫁（日語，新娘之意）？她說快了。有人又問對方是什麼人？也許大家都喝了酒，拘束少了，才會這麼直截了當地問，幸子又捧起一大杯清酒，一仰頭喝了，把酒杯亮給大家看，採下一束櫻，用手撕碎花瓣，說：「醫生。」大家突然不出聲，有人上去把她架了就朝山下學校走，她也乖乖地伏在人家肩上，我忙問怎麼啦？大家講，幸子又該犯病了。我又問，什麼病？喝多一點就叫病？大家講，瘋病，她一提醫生就要犯瘋病。春天，幸子容易犯病，我想起了中國的桃花癡病，據說，因愛情方面的刺激而犯瘋病的人春天會復發，我小心探問，便證實了我的猜想，幸子患過癡病。

幸子是本大學的英文系畢業生，這所大學以學費高昂而聞名，所以不是富家女兒，是進不來的。幸子的父親是本市一家百年老舖的老板，經營一種日式點心，全國的人來本市，敬親奉友，都要提一盒她家的點心回去。幸子專攻是英文，可日本人學英文舌頭轉不過來，學這專業成功者極少，倒是她的鋼琴聞名全校。學生時代的幸子倒是常被選出當花神的，因爲她長得十分漂亮，家境富裕，三十年前，日本女孩子能戴上金項鍊的很少，幸子就有一條。大學畢業後，幸子想到法國留學，當時的鋼琴教師，認定她有音樂的天賦，而幸子母親說：「女孩子，嫁人才是正道。」於是相親、定親，幸子嫁到了大阪，丈夫是她的遠親，在一家大公司做事，幸子生了兩個兒子，她就對丈夫說，想到社會上做點事，便請了傭人看孩子，自己出去上門教人家的孩子彈鋼琴，傭人一個月吃、住、工資的開銷是她教鋼琴的好幾倍，可丈夫是個隨和的人，知道妻子是不甘寂寞，也就同意了。

有一家主顧是醫生，開一家好大的醫院，醫院是太太的父親的財產，醫生是上門女婿，所以儘管是醫生看病，收錢的卻是太太。幸子每周三次在醫生家教五歲女孩學琴，陪讀的基本上是太太。可後來有半年太太忽然帶著另一個孩子住到福岡去了，說是太太的母親患了重病。醫生便常來陪讀，坐在沙發上，看幸子在琴鍵上施展才華，也欣賞幸子的柔言細語，據說，幸子原先是一個典型的上流社會的少婦。慢慢地，醫生開始勾引幸子，幸子是個浪漫的女人，母親一手操縱的婚事使她從未眞正戀過愛，而女子大學時代，她的夢中的白馬王子和醫生多少有些相似，危險的情事便靜悄悄地展開，太太回家，感覺不對，也有人講太太鼻子沒那麼靈，是五歲的小女孩向太太告了密。太太和丈夫攤牌，是要幸子還是要醫院，醫生說，要醫院。幸子的丈夫也和幸子攤牌，是要家，還是要醫生，幸子說兩樣都要，求求丈夫都給了她。丈夫講，不行，只能要一樣，幸子就講，要醫生。據說那時候幸子就已經精神不太正常了，丈夫和她離了婚，兩個孩子都被丈夫要去。幸子回到故鄉，不久就眞的住了兩年多精神病院。出院後，已經繼承了店舖的兄嫂不容她，她父親早已去世，母親病重前找律師立下遺囑，把全部財產都留給了兒子，她怕女兒無力管理錢財之事，更恨女兒敗壞了家風。幸子是有責離婚，她從前夫那空著手回到本市的，日本又是個低福利的國家，不勞者不得食，別指望有人給妳發救濟金。幸子出院後，那境況慘極了。女子大學的老校長還記得當年的花神，老校長對過去的學生有一種責任感，他便破例給她發了聘書，在女大教鋼琴謀生。劫難之後，幸子與先前判若兩人，她多怨、恨心重、飲酒、吸煙，只有一手鋼琴依然動聽，上帝不忍心讓一個女人毀滅，每當我聽到幸子的琴聲在女大迴響時，我就會這樣想。我也修正了我的倔脾氣，後來，我拜幸子爲師，正式學琴，如今，小舟進步飛快，不僅認識豆芽菜，而且指法基本合符初級水平，每當我老老實實地坐在琴房聽幸子罵我笨人，怒氣沖沖地聲稱要斬斷我的手指頭時，我的心裡便會快慰，因爲我知道在此刻此時，一個不幸的女人找到了她生命的眞諦，琴，原是幸子不幸與幸福的契機，命運，多麼神奇呀！

家有姑婦

新近我的寶貝兒子在學校幹了一樁壞事，把學校的課桌畫了幾個小人兒，大概自以爲墨水作品不能久存，便用小刀完成了一幅木刻作品。據說小人兒大頭長腿，活蹦歡跳，呼之欲出，頗有點感人魅力。可課桌是公物，班主任便要罰他兩塊錢，他哭哭鬧鬧找外公、外婆討錢，我父母很生氣，說了句重話：「我們沒錢，你找你母親去要！」兒子好不傷心，偷偷給我來了一封信，地址很正確，只是少貼了郵票，我被郵局呼去，補足了郵票，拆開信來，知道原委，急忙寄去幾萬日元給父母，這錢够搗蛋兒子畫上無數個小人兒了。當然，料他也不敢再畫。

我與天明分手時，就說好小夏全歸我扶養，我在日本一所頗有名氣的女子大學當講師，按說該是衣食無憂。可這講師前面加了一個定語，叫非常勤講師，定語一加，便成了窮人。非常勤，沒有升級可能，做到退休也是和上班第一天一樣。沒有保險，沒有福利，上一節課給一節課的錢。過著頭疼腦熱，我是不怕的，站不住了坐著講，坐不著了雙手在講臺上一撐，也能對付下來，可遇著節假日，我就惶惶然不可終日，只花錢不進錢，心裡慌得像打鼓，偏偏人家正高興。舉國歡騰，唯我獨憂，躲進小屋，恨不得有一天日本取消放假，一年三百六十五天，天天有事做。所以我在日本還兼一些其它工作，可僧多粥少，工作機會並不很多。

一日，又是天皇誕生紀念日，學校放假，家家一大早便掛出大紅燒餅國旗，我沒好氣，也曬出一堆長襪短衣。忽聽電話鈴大作，原來是山本太太給我攬了一份工作。給一家大報的一個大名鼎鼎的記者打打雜。記者大名我早知道，有此榮幸，我激動得手指尖都冒了汗，忙問：「我能行？」山本太太講：「這活還非妳不可！只是……只是……。」她只是、只是了半天，才吞吞吐吐地講：「小舟，只是妳太漂亮了一點！」我聽罷立即放了心，因爲我不漂亮。在大陸時，人家誇我家姐妹這個好看，那個秀氣，就是沒一個人誇我。在日本，大概審美觀不一樣，倒常聽人講我長得挺漂亮，我一天到晚忙得要死，哪有心事管這個。再說日本人口是心非的人多，不定心裡正笑我布什呢（布什，日語醜人譯音）！所以我對山本太太講：「這活我能幹！」山本太太笑了，說：「不可以掉以輕心哪！小舟，面試那天，不要化妝，哦，對了！穿上妳從大陸帶來的那套人民裝，那衣服天仙穿了也是一個布什！」

面試在市民圖書館一樓大廳舉行，考官是記者和他太太，考生自然是我。那一天，我洗淨鉛華，黃臉面人，一套在箱底壓得縐縐巴巴透出一股討厭的樟腦味的人民裝穿在身上，足踏一隻掉了跟的破皮鞋，手提一個家庭主婦用的大菜籃，忸忸怩怩地邁不動步，山本太太的設計也！她一大早就趕到我家，把我打扮成這副尊樣，還嫌不够，恨不得我立時嘴角長出男人的鬍鬚，變得更不堪入眼才好。

記者四十上下，很像電影明星高倉健，西裝革履，剛刮過的長圓臉上表情堅毅。他的太太也緊繃著臉，太太也是四十上下吧，很富麗的婦人。在這一對紅男綠女前，我惶急得坐也不是，站也不是，不知不覺就把大菜籃子放在腳下，一不小心，又把自己狠狠絆了一下，險些跌倒。記者沒注意我的窘態，從皮包裡拿出一疊報紙、雜誌，說：「夏女士，我從下個月開始，任亞洲版的主筆。亞洲嘛，主要是大陸、臺灣、香港華人圈。妳負責幫我看《人民日報》（大陸）、《臺灣日報》（臺灣）重要文章，還有英文西方主要報紙有關亞洲的評論，我會英文、中文，報社也有專職翻譯，妳只須把這些報紙讀上一遍，隨時回答我的詢問，當我離開妳時，我的腦中應該有相當清晰、準確的想法，當然，這想法是我的，不是妳的。」

我位卑人微，只有點頭的份，人窮不敢裝君子，我怯生生地冒出一句：「那！工錢呢？」記者笑了，太太也笑了。太太把我的手接過去，瞧了好半天，說：「這手好漂亮，沒幹過粗活吧！」我立即明白了山本太太今早硬要給我戴上手套的重要意義，只可惜我嫌熱，半路脫了下來，這才招來太太一問。我驚魂未定，又聽太太說了：「夏女士可曾婚嫁？」我脫口而出：「離了。」太太騰地一下從座位上彈起，「妳是獨身！」我香魂出竅，惶急之中想起小夏，趕忙回答：「不！倆個人，我，還有兒子！」「兒子可在日本？」太太細眉高揚，朱唇又啟，我這下聰明了，說：「在！我走哪他跟哪，是不要工錢的小保鏢！」太太徹底放心，「嗯，母子相依嘛！夏女士妳這樣子我能喜歡，樸素本是人類美德，素面生輝，在臉上塗些化學顏料倒是笨女人哩！」我喃喃稱是，擡頭正碰見太太塗得雪白的一張粉臉和鮮血淋淋的雙唇，不敢多瞧，又低下頭去。

「好了，我看夏女士有學問；人也本份。在這兒要找個會中文、英文、日文又好的人可眞不容易，橋本，我看就這樣定下吧！」太太一聲恩准，橋本自然不敢相抗，只是維護男人面子，故意做出沉思狀，說：「我想了一下，夏女士可以合作。」其實，哪裡是他想的，是太太要了我呢，所以我只對太太謝過，便高高興興回來了。

山本太太聽我如此一說，得意得好像太太要的是她，「怎麼樣，我就知道橋本夫人是有名妬婦，對付她就要千方百計、百計千方把自己弄成布什。不過小舟，下次去不必如此，太太不在，橋本先生自然是討厭布代，喜歡漂亮的，雖說橋本怕老婆，可他要硬不要妳，妳也會砸飯碗不是?」我對山本太太智商評分很高，決定言聽計從。

一周一次碰頭，地點仍在市民圖書館大廳。橋本先生解釋說，這是太太的建議，這兒人多眼雜，最利學習，縱有私心雜念，見周圍人人埋頭讀書，也會收心定魄。要有男歡女愛之舉，馬上會成過街老鼠，被人痛打。我來這要穿越半個城市，可既然是太太命令，我也就只好遵命，橋本先生糾正我，說，是建議，不是命令，女人家，哪敢命令大男人?我聽了一笑，任他吹去。

我和橋本先生合作得很好，橋本先生悟性極高，可他說到底還是老外，比如一次讀大陸《人民日報》社論上說要杜絕紅眼病，他便糊塗了。問紅眼病是不是愛滋病?要是愛滋病，那該寫篇文章引導日本有關生產保險套的廠商及時進軍大陸，車載船運，必要時也可飛機出動，向大陸市場提供質量優良的日製保險套。我聽了大喝一聲，糊塗!儘管是橋本先生花錢雇我，可我碰著他對中文無知時，就會忘記主次身分，把他教訓一通，「紅眼病你太太就有，看見別人比她長得好看就嫉妬，氣得眼睛發紅，就叫紅眼病!」他恍然大悟，立即吟打油詩一首:「家有紅眼婦，夫君奈其何!」倒是有點漢詩韻味。又一次讀《臺灣日報》，上有大哥大字樣，他又問我含義，我說是攜帶電話，他氣得很，說:「還大哥大呢!我最恨這大哥大，我家太太整天給我打大哥大，別說拈花惹草，連上廁所也有大哥大跟著。大哥大是不是男人大之意？我看這大哥大名不副實，是婦人管丈夫的工具呢！」我聽了直點頭，心想，家有妬婦的男人，日子怕是不好過呢！我見橋本先生那副可憐相，想起紅樓夢裡王道士的療妒湯，「用極好的秋梨一個，二錢冰糖，一錢陳皮，水三碗，梨熟爲度。每日清晨起一個梨……。」就告訴橋本先生，他抄了方子，千恩萬謝地去了。

女子大學舉行開學典禮，學校規定，學生一律和服，教師是能多漂亮、多講究就多漂亮、多講究，我穿了白衣、玄色的呢裙，也去參加典禮，回來路過天町地下街，猛聽一女人叫道：「喲，這不是夏女士嗎？好漂亮呀！」我回頭一瞧，一陣寒氣從腳跟竄上腦門，心想，完了，我要砸飯碗了！只見橋本夫人從人群中鑽出來，雙眼發亮，繼而變紅。我的天，那療妒湯她一定沒喝夠，或許根本就沒喝，我這愚人呀，日本哪來的陳皮喲！

我就這樣砸了飯碗，人啊！難呢！

火氣

大概每個中國人都知道火氣這個詞，喫油炸的東西會上火，這是顛撲不破的眞理。火氣這東西很調皮、很頑固，我一上火就口裡長出一個個小泡，疼得很，找西醫瞧，他講，少了維他命C、B_1，扔給你一大包酸不溜溜的、苦得直噁心的黃白小藥丸，效果呢？套用一句俗話，外甥打燈籠——照舅（照舊），還是去找中醫，鼓搗一下立即神清氣和，火氣被趕跑了，從頭到腳，涼爽爽的。

來到日本，火氣也跟著跑來了，日本料理油炸東西是主調，什麼天婦羅啦！死氣鴫氣啦！（日本烤肉譯音）害得我一天到晚不是口角爛成一片，大泡小泡比著賽地疼，就是眼角鼓出小包，臉上久違了的青春痘又來光顧。找西醫，他左瞧右瞧研究了半天，說，快快回家，一天刷五次牙，洗五次臉，這是不講衛生呢！我一聽鬧個大紅臉，不敢不信，便加倍衛生起來，刷了十次牙，洗了十次臉，最終是倒在床上直叫媽。火氣大概發了怒，把我懲罰得好苦。

我是個好奇心很重的人，什麼都想知道，於是放掉正事，專門研究了半個多月的火氣。火，出自南方，五行中排行倒數第二，〈洪範〉中有「火曰炎上……炎上作苦。」意思不詳，不過火氣上來時，口裡苦得很，倒是事實。火的剋星應該是水，但凡相剋的東西又必定相輔，水和火說不相容也相容，水遇上火就蒸發，就歡愉，火愈旺，水愈開得熱鬧，鍋被火烤得要炸開，放一點水就和諧了。所以火氣上來，要多喝水，喫涼藥。

日本哲學思想受到中國影響很大，可他們偏偏不懂五行，所以日本人的醫學思想是西方化的。他們的體質也是西方化的，你聽說過美國人嘴裡長泡嗎？沒有，他們不長泡。日本人也不長，火氣不親愛他們。看見我跟火氣相依相纏，山本太太就口裡唸佛說：「阿彌陀佛！火氣火氣快走吧，小舟已經投降了，妳來找我吧！」我知道她是假心假意，知道火氣不認識日本人的，所以才故意大慈大悲，要火氣別了我去找她呢！

不要以爲火氣只垂青咱們中國人，它似乎更喜歡和韓國人在一塊。四年前，我曾在漢城一個朋友家住了一個星期，看見韓國人老老少少，都跟這火氣有緣分。

朋友的母親據說從一出生就被火氣看中了，把她視作最佳人選，韓國的冬天很冷，她卻非要打赤腳，一穿鞋就像有團火在燒腳，她必須喫牛黃解毒丸，可韓國又不出產，她就到處託人去臺灣、大陸買。韓國人都愛牛黃解毒丸，這個問我討，那個向我買，彷彿我是一顆牛黃解毒丸，把我分喫了降降他們的火氣。我不明白爲什麼韓國人火氣足、火氣旺？說是喫辣椒吃得太多了，這個我不信。韓國的辣椒是林妹妹借用《西廂記》裡一句話駡寶玉哥哥的那樣，銀樣鑞槍頭，中看不中用的。別看韓國辣椒紅通通地像燃燒著的火，其實一點也不辣，比起大陸四川的尖椒、湖南的長椒眞是小巫見大巫，要把韓國辣椒羞死去呢！我在韓國時，把辣椒粉拌飯喫，也沒引來火氣的好奇，可見韓國人的火氣是不能怪辣椒的。

泰國人不知火氣有沒有？大不大？我的一個朋友，要娶一個泰國女孩做太太，他全家上下一片聲討，害得他好事不成。原來是日本人怕辣，泰國人卻無辣不成菜，一頓泰國料理喫下來，包妳是這副脅樣，雙眼淚汪汪，鼻涕流成行，舌頭剩半截，喉頭像火山噴發的出口處，隨時要爆炸。我聽了也投了反對票，怕友人吃苦，雖說本人不怕火氣，可這一日三頓，受辣椒之苦，這人生是快樂不起來的。

火氣跟食物有關，這一點可以肯定。跟人種有關，也似乎可以肯定。跟文化有關，更可以肯定。中國人是很敏感、很細膩的民族，講究養生，天人相通，曉得許多奇奇怪怪的道理。中國文化講求內在，西洋文化卻很外飾，日本文化中西結合，但它的文化永遠只是模仿，所以學外飾的東西拿來就是，學內在的東西卻要費心勞神。去年春天，我和友人山本太太到鹿兒島林田溫泉旅館，遇見了一大群香港來的觀光客，山本太太邀她們喝茶，我便被捉去當了翻譯，香港太太和山本太太同年，都是四十三歲，兩人都想聽聽對方的駐顏術。香港太太說，我煲雞湯，我喫人參，我把珍珠碾碎了沖水喝……山本太太說，我染頭髮，我用資生堂的粉底霜，我抹法國的口紅……兩人交換祕方，都發覺還是自己的好。香港太太說，茶可消火、生津。山本太太說，茶可解渴、利尿，又發現還是自己的理解更對。香港太太知道山本太太不懂中文，就說，跟日本人講不通的，我要回去養神。山本太太也講，香港人怪怪的，雞湯我從來都是不喝的。兩人不歡而散，香港太太告辭時抱怨說，來日本一周，天天喫油炸，我的火氣好大喲！山本太太說，妳是骨頭、皮、血管、細胞的合成物，哪裡竄出了火？人要有火，這世界還像個世界麼？成火山、火海了。嗨，一個最最基本的常識，對山本太太來講，卻是怎麼也理解不了的事。

松本先生是大學中文系主任，他最喜歡聽我胡扯，他相信人的身上有火氣，也知道水能滅火，但這對他來說，只是一種理論，他活了六十年，火氣都是乖乖地潛伏著，沒有想冒出來，看看外面的世界有多精彩的念頭。可終於有一天，他在三伏天裡從關東跑到關西，日行半個日本，一到家就嗓子冒煙，竄出了火，更糟糕的是頭上鼓出幾個通紅透亮的大包小包，他毫不猶豫地採用水滅火的中國人理論，用幾桶涼水從頭嘩嘩澆下來，結果呢？他患了感冒，高燒三十九度五，在醫院躺了整整一周，醫生用盤尼西林對付他的火氣。我去醫院看他，他偏過頭去不願睬我，好久好久才回過頭來，對我說：「小舟，我個老頭子經不住開玩笑，眞的，人身上哪能有火氣呢？不過是炎症罷了！西方醫學還是對的，中國人有些想法是迷信。妳以後不要再跟學生們胡講，我受罪不要緊，學生家長要找學校麻煩呢！」我心裡不服氣，可怕系主任以後不發給我聘書，只好連連點頭。

從此，我再不敢跟日本人講火氣，幸好這兒我的同胞也不少，跟大陸人、臺灣人、韓國人講起火氣來，眞是心有靈犀一點通，知音不少。道不同不相與謀，日本人原是化外之夷民呢！

算命

我是一個十分相信命數的人，學過看相、讀人的手紋，能用一部《易經》、四十八根火柴棍把人唬得乍驚乍喜。在大陸教書時，爲此差一點砸了飯碗，因爲我教過的學生都偷偷找我看過手紋，系主任知道了，大發雷霆，說，妳再不痛改前非，我就要把妳下放！下放，意爲到鄉下勞動改造也，我嚇得決心從此洗手不幹。可偏偏沒記性，一次在菜場碰見系主任，左手提一隻雞，右手抱一顆大白菜，慌慌張張，我從他的臉上讀到他的慌張原因，就迎上去，關切地問，「您的錢包掉了？」他把雞和白菜朝地上一扔，一把握住我的手，倒好像我是系主任，「對對，小舟，妳怎麼知道？妳見到我的錢包啦？用三塊紅格子布、五塊藍格子布拼成的，繡了兩朵白月季花……。」我聽了好想笑，趕忙說：「我沒見，我看您腦門發暗，鼻尖泛黃，有失財之兆呢！」他剛剛想進一步討教，猛地想起我的老毛病又犯了，可不等他反應過來，我早已溜之大吉了。不過從此系主任對我就有了幾分寬容，儘管全系師生找我解夢、看相、拆字絡繹不絕，他也裝作不曉得，只是身爲一系之長，不敢登門一試，不然他一定也是我的信徒呢！

來到日本，我的這一特長埋沒了好久，我不甘寂寞，便把我家小妹的命算過來算過去，可不知是怎麼回事，十有九次會弄錯，比如，我告小妹今天是吉日，她興奮得雙眼放光，問怎麼個吉？我說得財，可偏偏她那一天騎車撞了人，賠了五千塊。她不信，我也就再無信者好騙，漸漸地，我便眞的洗手不幹了。

我在日本重操舊業大概是來日兩年以後的事了，從此名氣愈來愈大，比起先前，氣象大爲不同，先前偷偷摸摸，提心吊膽，那系主任說翻臉就翻臉，誰知道他幾時又要把我下放。可在日本，這可是門學問，叫占師，占一次少說也要花上好幾千日元呢！不過我沒收過一文錢，反倒賠時間、賠茶水、點心費，所以我在占過八十多個人後，便急流勇退，宣告不占了。

我的成名之占是從谷本太太那開始的，谷本太太的丈夫是日本一家證券公司的職員，先前也闊過的，九一年以來，日本股市疲軟，證券公司日子不好過，谷本太太的丈夫每月帶回家的工資袋一月比一月輕，可谷本先生不服氣，只罵太太不會理家，大手大腳，弄得赤字飛漲，太太很委屈，常找我訴苦。我聽多了，忍不住說，「讓我看看妳的手相，是不是漏財呢？」她病急亂投醫，便乖乖伸出手來讓我瞧，我一看大叫起來，「喲，妳的金錢線不偏不倚，正好從食指處開了一條叉，全都漏走啦！別說妳丈夫才賺三十萬，他賺三千萬也會跑光呀！」谷本太太一聽，嚇得急急地叫道：「小舟，妳小聲點，千萬不要讓他聽見，不然一定要和我離婚，怎麼辦，快想個好法子吧！」我也急了，想了想，說：「妳花錢似流水，治水只有土，可總不能手上天天抓把土吧，對了，土色黃，從金，妳戴個金戒指在食指上，把漏口堵住！」她不等我說完，飛也似地跑回家，找出一個沉甸甸的金戒子戴上。過了半年，谷本太太的家計簿上黑字猛增，她好不高興，告訴我這金戒子硬是把那漏洞堵上了。「我一去商店，剛想花錢，伸出手掏錢包，一眼看見手上的金戒子，我就連忙把錢包又收回去了。過去錢不够花，現在錢花不完，小舟妳眞是了不起呀！」她要送我東西，又要掏錢給我，我怎能好意思收她的錢物呢？我小舟不過是愛好而已，算了十幾年命，只是想聽到一聲誇獎的話。谷本太太千恩萬謝地離去，從此替我四處張揚，來找我算命的人愈來愈多，小妹煩了，偸偸報告大陸的父母大人，我爸爸對我這算命之事睜一隻眼，閉一隻眼，方針是不反對，但也不鼓勵，因爲我爸爸有一年漲薪水，有三個人和他競爭，大陸漲薪水是要大家投票決定的，他很著急，不知結果會怎麼樣？我便硬給他用《周易》占了一卦。卦是䷁、卦文是坤。元亨，利牝馬之貞，君子有攸往，先迷後得，主利。西南得朋，東北喪朋，安貞吉。果然他第一次預選被淘汰，原因是有一個教研室的同事不投他的票，可後來另一個教研室的人都投了他，父親反敗爲勝，漲了薪水。他玩味卦文，頓有所悟。從此對我這一愛好不加褒貶。可母親不一樣，她是算命的受害者，我母親出身於一個極有錢的名門望族之家，可她從兩歲時開始，就沒過上什麼好日子。原因就是韓家老爺很相信命數，交了好些算命的術士朋友。一個最最有名的算命先生看了我母親的生辰八字後，便認定她命中多艱，有些波折，不過尙有法子補救，說是，「把這丫頭賤養，粗茶淡飯，破衣爛衫，她就平安無事了。」母親生長在有錢人家，可長到十七、八歲，竟沒穿過一件像樣的好衣服。文化大革命中，母親受家庭出身不好的連累，被鬥得死去活來，她不服氣，就把算命這事講出來，希望放過她去，可紅衛兵鬥得更凶，說她散布迷信，所以母親對我算命深惡痛絕，她說：「小舟妳再擺弄這個我就再不睬妳，妳想想妳要那麼有本事怎沒算出天明會做下那種事？把個小孩子放在我這磨我？再說，妳算命又不收錢，有這時間妳做什麼不好？妳見到哪個幫人算命的人命好啦？都是可憐人，不是瞎子就是叫花子。」我聽了母親的話，便把《周易》收起，火柴棍燒掉，與算命正式告別了。

部落人家

我因錯過了大學註册的日期，便失去了住學生寮的資格，只好自己找房子住。委託了好幾家不動產，都是一律的貴。

學校教務處的高橋夫人見我急得嘴角都起了泡，很是同情，她特意把我找去，遲疑許久才吞吞吐吐地說，「有一住處倒是便宜，只是……」這只是的下文她始終沒有講出來，我顧不得打聽，抄下地址便去看房子。

一

一看我就喜歡上了，南郊的山灣，郁郁葱葱，石板街路，一塵不染，人家院牆刷得雪白，幾畦春韭綠得可愛，石竹花這兒一簇，那兒一片，開得熱熱鬧鬧。

一幢木造的兩層小樓，活像童話中森林小動物的家居。一問租金又眞的十分便宜，我立即拍板敲定，第二天便搬了進去，也想過高橋夫人那「只是」的含義，不免有些納悶，可很快便拋到腦後去了。

房東是一對父女，住在一樓。父親野方先生在鐵道小站做事，那小站就在附近不遠，老人穿著日本鐵路制服，很是神氣。女兒在城裡一家英國公司工作，開一輛雪白的尼桑，我常常搭她的車去學校，漸漸地便無話不說了。

「小舟，你爲什麼還不結婚？」熟了，問這話並不唐突，和西方人相反，日本人常把年齡和婚姻當作話題。「結過，後來分手了。」我只好回答。

這是我心間最痛苦一刻，在日本我百遍、千遍地被人問過，每一次都像把我扔進深淵一樣絕望。我立即把臉轉向窗外，因爲我感覺到淚水又一次從心頭漫出，順著眼角潸然而下……

「小舟，快把眼淚抹去！」她一隻手握住方向盤，騰出一隻手扔給我一包衛生紙，「記住，在人面前不要哭，你既知道哭，當初爲什麼又不珍視它？有天大的情份才走到一起，這世上多少人，偏偏只遇著他……。」

我騰地一下從座位上彈起，氣得要命，「你們日本女人就會說這，你知道一個大陸人的辛酸嗎？我和丈夫五年見不到面，拿著大陸護照寸步難移！我去不了澳洲見他，他來日本又百般受阻，偷渡我倆都想過了，只是一沒膽量二沒錢！牛郎織女還一年一會，我們卻只能通個電話，不離和離一個樣！索性離了省得牽掛！你怪我！我怪命！」

她猛一煞車，伏在方向盤上許久許久，末了說：「小舟，我的頭好疼，往回開好不？」

這一天，她沒去公司，我沒去學校。整整有好幾天，我沒搭她的車，自己坐JR線（日本鐵路稱JR）去上學。野方先生知道我們吵了嘴，便罵女兒：「由美子，妳幹嘛不帶上小舟？讓她花錢坐JR？她那幾個錢是從牙縫中省出來的，容易嗎？」

又對我說：「小舟，你不要和由美子生氣。由美子十二歲沒了娘，又生在我們這種人家，命也够苦了。她脾氣大一點，你就不往心裡去好了。」我忙點頭，只是有些不解野方先生講的「我們這種人家」是什麼意思？

新年，我沒回大陸，是和野方父女一塊過的。沒想到，新年之夜，他們父女大吵起來，起因是野方先生提到了由美子的婚姻大事，老人聽見午夜鐘聲，便合掌許願，希望由美子新的一年能覓到個好夫婿。由美子立即衝進自己的房裡，怎麼也喊不出來，野方先生生氣了，邊打門邊說：「由美子，你不要心太高了，要認命！世世代代都是這樣過來的，生在小溝裡，造個大船也划不動！」

由美子猛地拉開門，滿臉泪痕，「我就是不結婚，我們大家都不結婚！把這倒霉的種絕了去！落個淸淸白白，乾乾淨淨！」

二

我早已察覺到有不祥之雲瀰漫在這個人家，高橋夫人那呑呑吐吐的話語，由美子強烈的、一般日本女性很少見到的自尊，野方先生常掛在嘴邊的：「我們這種人家……」都說明了這一點，可是謎底在那兒呢？

第二年春天，我被批准搬進女子學生寮，便離開了野方先生家，但逢年過節，還常常走動。野方先生從小站退休了，在家種花，推到小站上去半賣半送；由美子依然開著那輛雪白的尼桑去公司，她也三十好幾了，還是孤身一人。

野方先生著急，常跟我唸起，我就開玩笑說：「月下老人太累了，正在打磕睡哩！等他醒過來一定會發現日本還有這麼一個又漂亮、又能幹的由美子，就掏出紅線，把由美子和一個好男子緊緊拴住，想逃都逃不掉呢……」野方先生笑了，說：「就小舟會講高興的話」，可過一會，老人又沉思起來，口裡唸著：「誰呀，我們這種人家……。」

第三年冬天，壯壯實實的野方先生說去就去了，患的不過是小小的肺炎。由美子哭得淚人兒一般，不久，她賣掉尼桑，也賣掉了那座木造的小樓，辭掉工作，去了歐洲。我這裡忙，她又漂浮不定，忽而倫敦，忽而巴黎，全歐洲轉，我們便失去了聯繫。

畢業典禮後，我按日本習慣，給每一個關懷幫助自己的人送一份點心。我自然也送一份給高橋夫人。

高橋夫人接過點心，忽而眼睛一紅，說：「可憐那由美子也不知現在怎麼樣了？」我忙打趣說：「別操心，她那麼漂亮，早就被哪個藍眼睛的歐洲小夥搶了去！」其實，話這麼講，我心裡也好難過，想起了善良的野方父女，想起了老人常講的：我們這種人家……

「由美子此生怕不會結婚了，曾經滄海難爲水呀！這孩子受過大刺激，命苦呀！生在部落人家……」高橋夫人又接著說。

三

「部落人家！」我心砰地一跳，終於找到了謎底。江戶時代，日本天皇制定了等級制度，武士、農民、商人等等，各有高低，唯有幾種人不得入等級，如殺豬的、製鞋的，把他們眾居一處，形成部落，不得接受文化教育，不得做官，不得和高等級通婚，如同印度的賤民。代代沿襲，不管他們走到日本的任何地方，都免不了受歧視的命運。直到今天，社會依然對他們另眼看待。

日本各地都有部落解放同盟，可是這麼一個保守的社會，人們的觀念中依然把他們看作賤民。部落人家，在日本是一個可怕的字眼呀！

「由美子是一個很聰慧的女孩，爲了她，野方先生四處遷徙，從關東到關西，以逃避社會的歧視。由美子在東京上大學時代和我家小弟相識、相愛，感情很深，後來準備結婚時，發現由美子來自部落人家，我父母死不同意，我小弟和由美子雙雙喫安眠藥要死……。」

「後來呢？……」我急急地問。

「後來？沒有什麼後來，男人嘛，忘得快。小弟如今早已娶了別的女人，生了兩個孩子了！可憐的是由美子，既忘不了我家小弟，又不甘和同族人結婚，野方先生操碎了心，不然也不會死這麼早！」高橋夫人眼睛又紅了。

我原以爲我是世界上很不幸的女人，我羨慕過由美子，她有白色的尼桑，她有童話般的木屋，她有通行無阻的日本護照，她也比我有錢，我不知道我也曾傷過她的心。

由美子，小舟不曾寬慰過妳，當妳讀到這篇〈部落人家〉，妳就知道我的心了，同是天涯淪落人，只願妳活得好一些。

格林先生

我是在了不起外語學院認識格林先生的，他被騙到這了不起外語學院，白白可惜了不少血汗錢，一半進了老板腰包，一半付了我的工資。因爲那時，我在這學院教中文，格林是我的學生。

了不起外語學院的老板腦子一天到晚有無數的糊塗主意，就這校名，誰見誰笑，恐怕全世界也找不出一個雷同的來。學院有五個美國人老師教英文，學生來源不愁，總是人滿爲患，生意好得很。老板一高興，又開了個中文科，把我找來，答應給我高薪，不料開張近三個月，竟無一人報名。老美同事見我日子難過，便說：「小舟，妳只管放心，我們替妳抓一個來。」果然就把格林抓來了。

格林有些來歷。他畢業於美國名校，有法學博士學位。本是想來日本開個日美律師事務所，不料日人保守，計畫落空。他便滯留日本，在大學教英文，也是美國好幾家大報的特約記者，專門報導日本人間百態。他既被抓來，便只好每周聽我上兩次課。他遲到早退不說，一坐下來便照例從背包中掏出一盒便當，大嚼起來。我就坐在一旁研究他的便當，趁他埋頭大喫的空暇，教上一兩句諸如「今天的便當眞好喫！」他不跟我唸，調皮地眨著深藍的眼睛，說：「嗨！妳想喫了？來！給妳一半！」學了二個月，他只知道用中文講喫飯和你好兩個單詞。「喫飯」是他用來對付我的，因爲每次上課如此大嚼，他怕我生氣，便討好地說好幾遍喫飯這個單詞，讓我表揚他。「你好」是他用來對付校長先生的，一見校長，他就用中文講你好，校長立即眉開眼笑，用手拍著格林寬濶的肩膀說：「了不起！你會英文、日文，又學會了中文，將來回美國競選上大總統，可別忘了我們了不起外語學院，忘了小舟！」我聽了，忙用眼示意格林快逃，格林會意，口裡不斷唸叨著你好、你好，邁開長腿飛也似地跑了。

當格林終於在第三個月學會了「喝水」這個單詞時，又來了兩個新學生，女的，都才二十出頭，一個叫由美子，一個叫靜子，都很漂亮，像一對瓷娃娃。她倆不光不遲到，還提前到來，替我沏上茶，恭恭敬敬地等著，我給她倆選了新課本，倆人很用心地學著。課上到一半，格林衝進來，一看氣氛大異，便乖乖坐到一旁，背包中的便當第一次多存活了一些時辰，透出一陣陣誘人的香味。格林一雙大手緊緊捣住背包。我好笑極了，便向女孩子介紹格林，聽說格林已學了三個月的中文，兩個女孩子便按日本習慣，尊他一聲「大先輩」（日語學長之意），又請他示範讀課文，格林不會漢字，又不肯示範，便接過書，努力字正腔圓地唸：「你好！喫飯，喝水。」女孩子哄地笑了，發現這位大先輩原來不識字。

「格林，現在有了新同學，你就是大先輩，要做個榜樣，立下好規矩，一是上課不能遲到，二是上課不能再喫便當，三是學生要有書，你也該買教科書……」我一板一眼地說，來了兩個乖學生，我對格林第一次嚴厲起來。只見他擡起頭來，輕輕地問道：「妳們會英語嗎？」兩個女孩搖搖頭。格林立即衝著我用英語大嚷起來。「好妳個夏小舟！今天咱倆把話說個清楚！我每次交三千日圓借妳個地方喫個便當、喝杯咖啡有什麼不好！我不來，那幫壞蛋（指我的老美同事）非要我來，說妳又漂亮，又溫柔，又可憐，沒有學生，就要餓肚子！想我格林一片俠義心腸，前來助妳，妳倒跟我擺架子！那該死的中文要我認眞學可會要我的命！說好了只喫便當，喫完便走，來去自由！不然我格林哪裡有空跑到這兒花錢受罪……」

他的話撲頭蓋臉，打得我一陣糊塗，又一陣清楚，格林說罷，氣呼呼地掏出便當，坐下就喫，大概因爲今天餓急了，喫得飛快，兩個瓷娃娃面如土色，以爲格林是個神經病。我給格林倒了杯熱茶，小心遞過去，他看也不看我一眼，只管低頭猛喫……

小時候聽我奶奶講，小孩子喫飯，一個人是不香的，必得幾個人一塊喫；小孩子唸書，一個人是唸不好的，必得幾個人一塊唸！這抓來的格林也有這脾性。現在人一多，他學習積極性高漲，雖說便當照喫不誤，可喫完之後，他便挺認眞地學這「該死的中文」。抄生字，女孩子一個人一張紙，他則要兩張，因爲他的字寫得格外大，攤手攤腳；唸生詞，女孩子們唸兩遍，他則堅持只唸一遍，理由是他多學了三個月，水平自然高些，一遍就足够了。一造句，他就製造國家糾紛，比如大和小，他就講美國大，日本小。又如高和矮，他就講美國人高，日本人矮。兩個女孩子不服氣，當面不敢爭辯，特意上課早來晚走，向我控訴。由美子講，瞧這格林，有多猖狂！還是在日本呢，要是在美國他不把我倆活呑了?!靜子說，格林是還想再扔一顆原子彈呢！日美矛盾越來越深，兩個女孩唸，格林就面露不屑之色；格林唸，女孩便故意弄出聲響，讓他不得安寧。遇著雙方都聽不明白的地方，女孩子就說：「夏先生，您只管寫漢字，日中文化同源，我們一看就明白。」格林急了，拍案而起，說：「不行！得畫畫。漢字是象形文字，畫畫大家都明白！」

由美子騰地一下站起來，氣呼呼地說：「我倆學中文，是公司交了任務的，將來要去中國作生意，不像你，來了就喫便當，翹個二郎腿，我們將來賺不到錢要你賠！」日本女孩也好厲害。

格林愣住了，可立即反應過來，說出了一句石破天驚的話，「我還要你倆賠我的精神損失費呢！原來我和夏小舟，我喫便當，她唸漢詩，（天呀！我何曾唸過什麼詩！）她是我的おかぁさん（日語夏發音是媽媽之意），你們來了，小舟變成了討厭的夏先生，我想退學，又怕校長找小舟的麻煩，才硬著頭皮陪兩位小姐讀書……。」

「格林！」我禁不住走過去，把他的手緊緊握住連連說：「我放你走，放你走……。」

靜子站起來，低聲說：「對不起，夏先生，我倆不知道，你們原來是濶意彼多（日語戀人音譯）！」

我知道她誤會了，便把來龍去脈細細說出，格林每周三、五在大學教完課，便驅車直奔新町，在這兒他主持一個英語沙龍，新町是這座南方都市最熱鬧的地方，飯館林立，可一律奇貴。只有一家賀家便當價格還算合理，可不能在店裡喫，只能買好帶回家再喫。我的老美同事便對格林說，你買了便當，就到了不起外語學院去喫，只講是學中文，一則有個去處，二則也算幫幫小舟……

女孩子聽罷大笑起來，從此日美和諧，不再吵架，大家和和平平，很是快樂。

天涼好個秋

我第一次領稿費，是十四歲的時候。寫的是我的中學同班同學水娥，我說水娥貧農家庭出身，不像我，她能當紅衛兵，我卻只能當黑五類，一夜做夢，我成了水娥，水娥成了我，我好不得意，醒來方知南柯一夢，知道出身不由己，革命道路可以選擇云云。編輯講我發想好，寄了好幾本學習資料，說是稿費。母親一見很洩氣，說，這學習資料咱家多得沒地方放，儘是政治口號，要它幹啥，說罷就抛進柴竈裡燒了。後來，我讀大學四年級寫了一篇論文，得了五十元人民幣。五十元，我三個月的生活費呀，我高興得立即給遠在南方的母打電話，叫他們不用寄生活費來了，「我自己賺！以後咱家三人賺錢，爸、媽，還有我！」媽媽聽了，嗚咽著說：「小舟，沒白養妳！」從此，我拼命寫論文，心中的祕密對誰也沒講過，我是想賺那稿費呢！

大陸知識分子薪水不高，我當大學講師，一月薪水才幾十元，系裡幾個教師偷偷找到我說，小舟，有個賺錢道，願不願意？原來邀我到煙臺販魚。煙臺小黃花魚一斤一塊，運到北京一斤三塊，除去油費，一斤賺它一塊五，販它幾千斤，保管每個人錢包都撐破！我聽得雙眼發直，找出一件破棉衣，腰間繫上一根布帶，一副跑單幫的英雄樣。幾條好漢、好婦如此籌劃一通，比如遇著系主任發現咱們幾個不在北京怎麼辦？路上碰見劫道的蒙面大盜該怎麼辦？司機中途罷工又怎麼辦？直到計畫得天衣無縫了，便去找幫助推銷小黃魚的商店，那店主一聽，雙手一伸，說：「執照，拿來瞧瞧！」我們傻了眼，問，執照何物？何物執照？忙掏出工作證件給他，那人接過一看，肅然起敬，不是吹牛，我任教的那所大學，在大陸眞是無人不曉呢！那人敬完之後便是連聲嘆氣，「咱們百姓沒希望了！連S大的老師都幹違法的事呢！天呀，睜開眼看看這幫混蛋吧！」說罷就撥電話零零一，我一見他這是給警察打電話，扯起腿就逃，驚魂甫定，找出經商法仔細研究，上面赫然寫著：私人買賣，要有執照，沒有者處以罰款或監禁。我的天喲！從此不敢再動這種邪念，可見別人喫香喝辣，心中又羡又恨，心想幸有禿筆一枝在握，快快逃進破書齋還是賺賺稿費果腹。此時大陸物價飛騰，稿費領來，帶著我那三歲的兒子街上走一圈，小子嘴巴一動，稿費就進了他的肚子。兒子抹抹油嘴，揚起臉說，媽喲！我並未喫飽，再買一客火腿飯好不好呀！一臉誠懇，使人拒之心疼，只好再來一客，錢包空下去，稿費得之辛苦，花之容易，我幾月不分白晝苦讀、苦思、苦寫，只能給三歲小兒買兩客火腿飯。

後來，我流落東瀛，開始給臺灣寄稿，第一次領到美金支票，我激動得頭昏目眩，把那數目讀了又讀，算了又算，頓覺自己是有錢人了，人一有錢，便想炫耀一番，我便決定邀了山本夫人、靜子小姐、我家小妹，四人一塊去喫法國大菜。大家雀躍出門，山本夫人要喫烤白魚，靜子小姐想喝磨菇奶油湯，小妹嚷道：我要烤小牛肉！我一張支票在握，便覺自己是一家之長，頗有權力，我說，不許吵鬧！妳們先進綠屋（法國料理名店）坐好，等我兌換好支票再來點菜。她們喫人的嘴短，便遵命而去。我走進綠屋對面的銀行，把支票一遞，只等數了錢。日本人幹活效率高，一眨眼功夫錢就遞到我手裡，我一瞧怎麼是夏目漱石呢？儘管我很愛這位著名的作家，可這會兒我可不願見到他，他的頭像只是日元一千圓，我的支票該是更多，至少是一萬元，我大聲抗議，銀行小姐不生氣很耐心地講：妳的支票是合日元一萬元，可扣掉手續費，正好是日元九百九十圓，給您一千圓，您再給我十元，如今美元打不過日元。她對著我邊說邊鞠躬，腰快彎到地上去了。「什麼！我寫得要死拿九百九十圓，妳們一字也沒寫反拿九千元，這稿費是我賺的還是妳們賺的？」我勃然大怒，小姐不吭聲，腰彎得貼到地板上去了。我拿著一千元走出銀行，額面上夏目漱石衝著我冷笑，我腦子飛快地轉著，寄稿時花了日元五百元，賺了四百五十元，最要命的是那三位還在等我去叫菜，這錢是够喝一碗拉麵了，可只能一人喝，其他三人還得站著看，怎麼辦？我走進綠屋，三人見我進來，像飢餓的人撲向麵包，我決定打腫臉充胖子，款款坐下，對女侍堅決有力地說，上菜！

大家邊喫邊誇我有本事，禿筆一揮就能喚來這麼好喫的法國大菜，小妹只恨自己中文太壞，不能賺臺灣的美金。山本太太表示要努力學會看中文，以防止我在臺灣寫她的壞話。靜子小姐說先前聽說臺灣外匯存底比日本多，心裡並不信，今天喫到口裡，才眞正相信。我呢，天涼好個秋！以下的日子是該啃麵包、喝涼水了！

喫飯回來，朝床上一躺，摸出孔夫子《論語》，搖頭晃腦，唸了起來，君子食無求飽，居無求安……啊，啊，只是這稿費，咳，富貴於我如浮雲，何論稿費哉？我夏小舟本是個君子，君子喻於義，小人喻於利，如此一想，百事順暢，扔下《論語》，心平氣和地進入了夢鄉……

小妹這個好喫鬼，從此就盼望我多賺稿費，一見我伏案塗鴉，她就討好地遞上一杯滴滴香濃的咖啡，可只見寄稿，不見錢包鼓起，她就犯了疑心，我只好老實坦白，大罵那該死的銀行收這麼多手續費。小妹受日本奴化教育，凡事只會委屈自己，她說，二姊，既是規定，只有服從，我看妳不要再寫就是。我說，妳懂啥，君子喻於義，小人喻於利。她確實不懂，說，殺身成仁就剖腹，和錢不相干的，妳怎麼把剖腹和賺錢扯到一塊呢？我氣得大叫，小妹，我看妳這假洋鬼子好可恨！和她講不通的。

父親知道了，寫了整整六張紙的信來，說了許多大道理，什麼錢不是人生追求啦，古人寫作是明其志啦，曹雪芹寫了《紅樓夢》不肯署名，當然更沒領過一分稿費啦！父親是個書獃子，他講的話在我們家沒有聽眾，我們家這個女兒國裡，國王是我媽，只見母親附了短短一行：小舟，妳能在臺灣發表文章，我和妳爸不知有多高興，如今，我們一月吃藥看醫生要花好多錢，已有不支之感。讀妳文章，百病俱除，從此未進醫院門，省了好些錢，這不就是稿費？到底還是媽媽高明呀！從此，我便眞的天涼好個秋了。

賣情書

我剛來日本的時候，頭一年眞是喝涼水都塞牙，倒霉透了。獎學金申請送上去沒幾天保管又原封不動地退回來。我倒不灰心，接著申請，可教授忙得兩腳朝天，哪有閑空給你一個人天天寫推薦信？日本倒有親朋，可我向來心氣高，不肯向她們開口。父母著急，媽媽直問要不要她把所有退休後存下的錢換成日圓寄我，我哪能要老人的錢？再說可憐媽媽那點錢，在日本還不够有錢人一頓飯錢呢！於是，我就找來一本阿努拜多（打工）的書，自己找了一個臨時工，在一家韓國料理店洗刷鐵板。

這家料理店是賣韓國燒肉的，店名叫十里香。一排排特製的矮桌放在榻榻米上，桌上有可活動的鐵板，電動打火器把火點燃後，就把牛肉放到鐵板上去烤，我的活就是負責洗刷鐵板。這個活時給很高，有八百日圓一小時，還外帶管飯，管交通費。可大家都說，這活沒人願做，太苦。我不怕喫苦，便把這活接下來了。時光飛快，轉眼就是半年。這刷鐵板的活眞不是人幹的，尤其不是女人幹的。你想，那鐵板又沉又燙，油呼呼的、黑漆漆的，不使勁你別指望能刷乾淨。客人多時，更是只聽外面不停地叫喚，「上新鍋囉！來客人囉！」我一聽這吆喝手就打抖。這活幹久了，我便忘記了自己的性別。日本人愛乾淨，若是發現鍋裡有一根頭髮，這店也就砸了。所以我頭戴一頂大帽子，把頭髮紮得個嚴嚴實實。腳穿一雙大膠鞋，胸前圍著一幅黑漆漆、油呼呼的塑料布。手上因早已被鐵鍋燙得傷痕累累，便自己套上了一雙大布手套。渾身上下，只剩下兩隻眼睛骨碌骨碌地轉，常來店裡送蔬菜的菜販子野田衝我嚷了好幾次，「你一個大男人怎麼長了一對女人的眼，瞧起人來水靈靈地，怪勾人，難不成中國人也搞同性戀？」他把我當男人了。

一天，我刷鍋刷得正來勁，只聽一聲，依拉下依麻塞（日語歡迎的意思）！老板娘叫得格外親切，一個高頭大馬的男人邁進店裡來了，此人是一家跨國公司的老板，在大陸也有不少投資，他一來老板娘就樂開嘴笑，因為山田把貴的菜通通叫遍不說，還一反日本人不給小費的習慣，總是不用找零頭，多給幾仟日圓是常事。他一來老板娘就會把我從廚房中解放出來，「小舟，快去廁所把這一身剝了，多撲粉，眼圈要畫得大！」我要不在，山田就不肯在店裡多待，老板娘以為他看上我了，便把我叫出來和他講話。我又不是陪酒女郎，所以我對老板娘這一手很反感，粉自然不會去撲，只是不讓我洗鐵板，倒可以坐下來休息一下。山田說：「小舟，妳是個落難書生呢！幫我做做文字工作怎麼樣？寫寫東西。」我眼睛一亮，想到應該推銷自己，「我能寫，我在大陸常寫，我寫過好些詩呀！小說呀！散文呀！雖然沒發表，可編輯說不是我水平不高，是版面有限，一次只能登一兩篇……。」「妳可寫過情書？」山田輕輕一笑。我一楞，臉騰地一下紅了，因爲我和天明是介紹認識的，兩人同住一個城市，我想寫他也沒耐心看，所以練習機會少，寫這東西的水平當然也就不高了。山田衝我大笑，說是他常去大陸，認識了好幾個大陸女的，常給他來信，想必是情書。可他不會唸，也無從覆信。魚雁傳情一斷，心裡好不寂寞。送去職業翻譯公司又怕人笑話，他是社會名流，不想惹事生非。想我一定能唸會寫，性格又很文靜，不會給他滿世界張揚。山田先生灌口酒又說下去：「小舟，實話告訴妳，想幫我幹這活的人不少哩！有人給我介紹了一個大陸來的作家，叫個挺好聽的名——李力力，可一見面，嚇我一跳，是個男人！還怪難看，鬍子一大把。我罵了介紹人一頓，妳想這寫情書得有些情趣，見了他我就煩了，哪還顧得談情說愛，可一見妳，我這心裡就浸了一桶蜜似地，恨不能現在就寫它兩封呢！」山田站起來，對我又是鞠躬又是彎腰，要我千萬合作。

就這樣，我找到了一份新差事——寫情書。這活可眞不錯，坐在優雅的咖啡店裡，這邊是我，那邊是山田，紅絲絨的椅子軟軟和和，甜甜的日本小曲不停地往耳邊送。我又想起了自己當年站在大學講臺上的威風，不時地用目光威懾山田，彷彿他就是那幫趕前趕後在考試前套我考題的學生似的。我說：「你說慢一點，中國字和你們日本字不一樣，日本字缺胳膊少腿的，所以寫得快。中文可是六千年歷史（爲了震住他，我把中國文字的歷史加長了幾千年，心裡有些發虛，可山田沒查覺，他不懂歷史），有傳統，方方正正纔行。再說，我還要組織一下句子呀！」他忙謙恭地點頭說：「對！對！」

鬧了半天，山田的情人竟有四位！爲了便於記憶，以利工作，我給她們編了號，A是上海小姐，B是北京姑娘，C是山東丫頭，D是西安太太。之所以稱她太太，是因爲她可是個有夫之婦，所以給她寫情書要格外小心，用些暗語，幸好我是熟讀《西廂》、《紅樓》的，不時用上幾句，山田大爲滿意，說這信萬一不幸落入西安太太的先生手中，也「大一塊布」（日語不要緊的譯音）。

上海小姐不好對付，這可是個詭計多端的傢伙。她來信中忽而霧滿山中，讓人不識廬山眞面目，山田沮喪得要哭；忽而滿天麗日，直嚷著要乘白雲飄洋過海，和山田一結秦晉。她那信的稱呼也老變，忽而叫山田「我的小人兒」，忽而說山田是她老爸！因爲她比山田小了三十五歲去。我給她寫信，很注意用詞活潑，熱血沸騰，把流行歌曲的大愛大恨之句融入信中，以迎合年輕人的口味。同時又注意語氣肅然，以示山田長者風範，還不時在必要時給她一擊，不讓這姑娘太輕狂，壓下山田先生去。

北京姑娘我也不喜歡她，這姑娘崇美抑日，常打西風壓倒東風的牌。有時來信中竟提及她尚有一美國情人，可是正宗高鼻子、藍眼珠，不是那冒牌的黃香蕉！所以她很猶豫，不知是美鈔堅挺，還是日圓上漲，我便寫信告訴她，日圓前景看好！咱日本就是不讓你美國大米蹦進我們日本人胃袋裡，儘管誰都知道美國大米味道好極了，價格也公道。咱日本的汽車在美國大街小巷跑得歡，那是因爲咱日本車結實！信寫畢，我翻譯給山田聽，他激動拍案而起：「好！好！小舟，妳寫得好！長了日本威風，滅了美國志氣，就這麼寫！」

山東丫頭是個老實巴交的鄉下人，山田去視察投資環境，她在鄉下舉行的宴會上給山田敬過酒。這丫頭有些自卑感，字寫得歪歪倒倒，起頭是山田大叔，落款是小妹妹菊香，土得掉渣。相片我也看過，紅衣綠褲，眼睛都不敢大睜。所以我暗中同情，對她格外溫柔，鼓勵她放下思想包袱，大膽朝前走！前景一定看好！並問她日本的生魚片可是有些腥氣，要做好不怕腥的準備，當日本人太太，就要肯喫苦！這信寫畢，連我自己也不禁害怕起來，心想幸好準備喫血淋淋生魚片的是山東丫頭，不是我。

四個人寫信都很勤快，忽地一下回信又來了。山田眼巴巴地叫我唸給他聽，我調好嗓門，用標準的京腔朗誦起來，山田便要給我漲工資，說我不光情書寫得棒，還會教中文，實在一舉兩得。小妹便樂顚顚地給父母報喜，說我在日本給一個叫山田的大老板當祕書，專門負責寫信，母親難免得意，掛在嘴邊常提起，於是大家都誇我有出息，我聽了覺得有點名不副實，可忙得很，也無閒空去糾正，只好由眾人吹去。

且說這信通了大半年，雙方都動了感情，山田就叫我加溫，比如用些親愛的、吻妳、擁抱妳之類的性感詞，我雖不好意思，可也照寫不誤，情書嘛，總要走到這一步的。再說，是山田吻她們，她們是山田的親愛，與我不相干的。只是這一男四女怎麼個好！我便著急起來，催山田快快訂下一位。山田笑咪咪地說：「不要急嘛！多交流交流，再說情人只剩下一位，妳的薪水就要減少囉！」我一聽不吭聲了，可從此有了心事，那信也就有些乾巴巴的，山田罵了我幾次，纔略有起色。

多去春來，山田又要去大陸了，一天，他約我去咖啡店寫信：「小舟，告訴上海小姐，我已在綿江飯店訂下房間，讓她務必在此候我。告訴北京姑娘，我和她就在長城飯店約會，這可是美國人經營的飯店不是！我要讓她知道，日本人有錢就能享受一切！要她減減肥，這姑娘太胖，摟起來費勁！告訴山東丫頭，我和她就在那紅高粱地裡野合！告訴西安太太，和我一塊到華清池洗溫泉，可不許害羞，想必也不會，她可是個性解放派哩……」

我感覺不對，山田這傢伙好流氓！正想起身擲筆，維護我民族婦女正義！他一雙手已搭在我肩上了，色迷迷地說：「小舟，其實我對妳很溫柔呢！妳想想，我找誰不好寫，偏偏就找了妳！妳瞧我爲妳想得多細緻，我跟我太太說了，我去大陸要住大半年，妳的工作沒有了，怕妳困難，我請妳到我家教我孩子中文，老大上大學三年級了，他想學中文……」

「什麼！你有太太，還有小孩！」我眼睛瞪得好大，鬧了半天，我這情書寫得好罪惡！

「是呀，這有什麼，我又沒訂下和誰結婚，再說信不都是妳寫的？開開心，大家都高興！」

我二話不說，轉身就逃。小妹知道原委，直誇我有骨氣，「要那臭錢幹什麼！二姐，我明天也去打工去，洗鐵板我也能幹！」

後來，山田來店裡喫燒肉，又把我從廚房中解放出來，我雙手叉腰，一臉不屑相，老板娘氣得直翻白眼。

山田說，他如今又找了個人幫寫情書，女的，也是從大陸來的，比我年輕，比我漂亮，也比我乖些。「架子沒妳大，態度很謙恭，不過說句心裡話，信可沒妳寫得漂亮，有時還弄錯，害得西安太太和上海小姐要打架，原來她裝錯了信封！我就訓她說，小舟腦子好，她編上ＡＢＣＤ，一點也不亂套！」

我笑了，笑到後來就哭了。山田望著我，冒出一句：「咳！小舟到底是江南才子之後，是有些與眾不同，這又哭又笑，可不是名士風度嘛！」

讓我悄悄地告訴你

何霏雲三十五歲做了新嫁娘，夫婿是她的指導教授森山耕平。霏雲在日本無親少故，男方是本城著族，人多勢眾，霏雲便求我做她娘家首席代表。婚禮在日航飯店舉行，我特意換上一身俏麗旗袍以壯聲色，旗袍是大紅底上繡了金鳳凰，滿堂賓客，見我扶著霏雲出場，便不禁喝彩，霏雲像一朵遲開的晚香玉，三十五歲的女人的最後輝煌，美得驚心動魄。我偷空附在她耳旁開句玩笑，「霏雲，今晚我可做妳的陪襯人了！」霏雲一笑，也低聲說：「不敢，我只是借了妳來治治牛魔王，咦！我上場頭昏眼花，怎麼不見牛魔王？」「跑了他這場戲可就砸了，他在那兒呢！」我手指處，只見牛魔王森山耕平正興高彩烈地由人擺佈，他本是英俊男人，此刻更是意氣風發，霏雲是近視眼，看不真切，只擔心地問：「他臉上還和平？」「和平、和平，今日西線無戰事，就是有戰事，我也能火速撲滅。」霏雲低頭，眼角一紅，說：「我哪裡想嫁他！」

霏雲眞的不想嫁耕平，有些婚姻原是做給世人看的，可要說霏雲不愛耕平，那也不對。她曾試著逃離耕平，一個人跑回國去，可不等耕平找她，她又自己灰溜溜地鑽了出來，耕平拿穩了她的脈，欺她、擠她、笑她、氣她，恨不得碾碎了她。一天深夜，在實驗室裡，霏雲揭竿而起，用燒盃摔破了耕平的臉，學生打了教授，儘管這教授只比霏雲大四歲，學校還是處分了霏雲。大陸留學生不服，出於同胞愛，想報復耕平，祕密集會多次，席間慷慨悲歌者有之，摩拳擦掌者有之，霏雲卻披頭散髮，一把拽住會長老汪的手，說：「不許去！誰去我恨誰！」老汪一腔抗日熱情化爲烏有，一屁股跌坐在破沙發上，「罷了！罷了！人家這是前世的寃孽，管咱們屁個事！」霏雲慘然一笑，拖著長裙心事重重的走了。

霏雲是研究病毒學的，這所老牌帝國大學的醫學部裡，這是一門頗先進，又聲名狼藉的學科。太平洋戰爭勃發，一批批盟軍戰俘在這裡被當作試驗品。戰後，人是不被試驗了，可小白鼠還是成批地被屠殺。大家說，病毒室殺氣太重，每年兩次祭靈，還是壓不住，數年來病的病，死的死，調離的調離。霏雲從美國來這時，研究室只剩下三個人，兩女一男，男的就是耕平。兩個女的，一個是四十二歲的古家副教授，一個是年方二十三的柳川小姐。

霏雲是耕平身邊的第三位女性，霏雲的出現著實使耕平慌亂了陣脚，他從未帶過學生，古家是他的同輩，凡事講商量。柳川是他的丫頭，替他穿衣、脫衣、換拖鞋、端茶送水，到食堂買飯，喫完了又是她一陣小跑把碗筷送回去。他不知道怎樣對待霏雲，把她研究了一通，發現霏雲心氣不低。來日本前，霏雲做爲病毒學者，在美國一流大學獲得博士，英文、專業基礎都好。霏雲也不阮囊羞澀，像其他大陸人一樣，急火毛撩地要打工餬口。霏雲比古家年輕和貌美，比柳川有資歷、有學養。耕平便認定霏雲名是他指導的學生，實是研究室和他可較量的對手，耕平精神大振，棋逢對手，他和她從此便成了生死寃家，打得天昏地暗。

霏雲是有脾氣的女人，三十多歲還待嫁的女人大凡有個性，有過人之處。而耕平呢？醫學部有名的「變人」，即怪人。在日本，醫學部的教授臉是向天長的，架子大得很。罵個人是常事，不罵倒怪了。耕平便是罵不離口，而且罵得花樣翻新。可耕平的怪不在這，大家都罵，只不過他罵得新潮些。他的怪是他對女人沒興趣，既不預備娶妻，也不想對哪個女士多看兩眼。有人猜他同性戀，又始終未見蛛絲馬跡。霏雲偷偷告訴我古家和柳川都愛耕平，柳川想嫁他，古家想把他當情人，霏雲不是多嘴的女人，她的話我信。所以兩個女人把霏雲當情敵，當然是假想的情敵。耕平則把霏雲當對手，因爲霏雲從美國轉來日本，她受過美國同行很嚴格的訓練，耕平對霏雲的美國作派又恨又羨，動不動就把她罰到一樓洗藥瓶。霏雲穿著大拖鞋，洗得雙手腫得像紅蘿蔔。耕平在二樓實驗室，霏雲被打入一樓，和一幫歐巴桑一塊。兩人本無見面之由，可耕平從此便上跳下竄，格外關心大家的罐子洗得是否乾淨。他來得太勤，歐巴桑心情緊張，當下數人遞上辭呈求去，霏雲更是忙不開，洗得腰酸腿疼。她把罐子朝水池裡一扔，指著耕平就控訴起來，「我也是個醫學博士，文憑不假吧？你罰我勞動改造無緣無由！我明天就去找學部長告你！」耕平一聲冷笑，「告我！我還要告妳呢！連個罐子都洗不乾淨，妳還是個女人？」霏雲聽了差一點哭了，「你也還知道我是個女人！自從跟了你，不是洗瓶子就是搬雜物，我千里迢迢來投奔你，你就這樣子待我！」耕平一聽越發得了意，說：「妳找夏小舟呀！她說妳喫苦耐勞，中華料理如何如何上手（日語出色之意），鬧了半天，連個麵條都煮糊鍋，鹹得把我舌頭差點醃成一夜乾（日本一種鹹魚乾）！」霏雲氣得當時打電話把我一頓好罵。

霏雲是家聲的堂妹，在美國一家研究所做博士後研究，不料中途老板課題資金沒了著落，實驗中斷。家聲便勸霏雲來日本投奔我。霏雲認識耕平，他去美國開學會時曾去過霏雲實驗室，霏雲說他那時裝得文質彬彬，不光不罵人，還送每人一枝原子筆。所以霏雲便託我找到耕平，問他可有資金提供她轉來日本做課題？耕平滿口答應，親自給霏雲跑手續，一天給我打幾次電話追問霏雲近況，熱心得我還以為他和霏雲在美國時便有一段舊情。誰知霏雲一到，他又是這副模樣！

霏雲日語說不好，她和耕平說英文，醫學部教授大都會英文，也流行講英文。可耕平的英文說得怪怪的，霏雲便忍不住要笑，霏雲的笑最好看，笑得彎腰弓背腸子抽筋，耕平愛看她的笑，就故意把單詞發成怪音，可霏雲的笑又使他覺得傷了自尊心，笑過之後他會加倍地報復霏雲：「笑！笑！就知道笑！這麼大的女人還瘋笑！」罵得霏雲從此不笑，不笑耕平也罵，說霏雲哭喪個臉，一副唱演歌（日本一種比較悲切的歌曲）的好材料。

耕平做起試驗來沒日沒夜，大學研究經費不足，可耕平濶得很，因爲研究室和企業掛鈎，企業有錢，可盼成果急如星火，他們要把研究換成錢呢！耕平領了這錢，便像穿上了童話中的紅魔鞋，不能停下來喘一口氣。他喫住幾乎都在試驗室，雙眼露著紅絲，脾氣上來就拍桌打椅罵人，弄得研究室雞飛狗跳，大家不安寧。柳川小心侍候，既管生活，又是實驗助手，一張圓臉瘦成小猴子樣。古家和耕平是合作者，兩人天作之合，不知有多默契。霏雲插不上手，耕平根本也不讓她插手，可耕平又不放她回家，夜深了，霏雲便伏在桌上睡得糊裡糊塗。試驗結束，耕平便推醒她，開車送她回來，霏雲無意久留日本，沒有買車，也無在日本開車的執照，夜間無人，霏雲便央求和耕平換個座位，讓她來開。耕平不肯，罵霏雲要害他蹲監獄，霏雲把他一推，說是見他太累，讓他休息一下。耕平扔下一句：「少給我葛麻施禮（日語拍馬屁之意）！」可到底支持不住，把車讓霏雲開，自已在一旁昏昏睡去。

耕平沒給霏雲在課題上一點指導，霏雲見他忙得可憐，也不好意思打攪他。霏雲要進入他的課題，耕平又死活不肯，試驗報告、數據也不讓霏雲接觸，三個日本人像一根編得緊緊的鋼繩，只有霏雲遊離一旁。碰有企業來人，耕平便把霏雲支使到他的房間裡不讓出來，霏雲一關幾個小時，氣得在耕平房間裡做盡壞事，把他的枕頭套中放進喝完了的可口可樂瓶子，在他的鏡子上抹上剃鬍膏……耕平放她出來時，霏雲便想像著他睡覺時頭上會鼓起大包，得意地像平反的要犯走出監獄。可下次企業來人，耕平把她照關不誤。結婚以後，霏雲成了耕平的乖妻子，耕平才道出眞情，原來日本企業害怕外國人獲知企業產品投入市場之前的試驗情況，不允許試驗有外國人參與，霏雲有美國背景，企業若知道霏雲也在試驗室工作，會立即撕毀約定，耕平的研究也就完蛋了。

耕平急了也訓斥古家和柳川，古家從臨床醫生轉入研究，爲此她的年收入減掉一半，她和耕平是醫學院的同學，學生時代耕平住男子學生寮，古家住女子學生寮，中間隔一條窄窄的、彎彎曲曲的鐵路。火車要開過來時，便會放下欄杆，有一個老頭噹噹地敲鐘。男子寮的庭院裡有一棵無花果樹，一到夏末秋初，女子寮的女孩子便偷偷地去摘無花果喫，男孩子維護本寮利益，便奮不顧情地去抓女孩子，奮不顧情的意思是那些抓人的男孩和被抓的女孩有些是有一股淡淡的少男少女之戀情的，耕平和古家就是。耕平追，古家逃，正巧碰見欄杆放下，鐘聲噹噹，可古家還是果斷地從欄杆下穿過，而耕平也是同樣果斷地翻過欄杆，他倆剛剛穿過，火車就擦身而過，耕平一把揪住古家，無花果滾落了一地，耕平有些激動，聽見火車轟隆隆地開過去，他伏在古家白得有些耀眼的耳後說：「妳逃不掉的呢！」

一個倔強的男孩和女孩沒有說明他們之間的情感就匆匆各奔前程，耕平去美國留學，在美國，他變得很浮躁，有人甚至勸他去看神經科醫生，可他知道這浮躁來自於他的民族性，一個自高自大的島國青年一下被美國文化震撼，加上一次不成功的戀愛更使他灰心喪氣，他沒有取到學位就回國，不久又奉父命去德國留學，他回到母校時，古家在附屬醫院當住院醫生，結了婚又離了婚，原因是婚後她發現自己沒有生育能力，她和他都是醫生，在日本生兒育女和中國人一樣是人生大事，善良的古家不想拖住對方，便協議分手。耕平回來，力邀古家來病毒室工作。耕平是獨子，負有傳宗接代的使命，他理智地斷絕了他和古家的婚姻之路。

柳川比耕平小了十多歲，她是從報紙上看到招人廣告來應徵的，廣告是古家擬寫的，她寫明要一位年紀很輕的小姐。柳川來後很快墜入愛河，她對耕平一往情深，把一片愛心全部傾注在照顧耕平的生活起居和事業上。可耕平並沒有接受柳川的愛，他不喜歡這種年紀比自己小很多的女孩，幾乎所有的眞正的日本男人都不喜歡，耕平認爲只有那些性無能的糟老頭子才會用他的金錢和地位買另一個女人的青春。他不想自己在繁忙的事業追求中去身心交瘁地應付一個比自己小很多的女人，讓她在暗中感慨甚至嘲笑丈夫的老去。所以，柳川的追求失敗了，耕平感激她但並不愛她。

當耕平把霏雲帶到研究室的第一天，古家和柳川便一下子知道耕平的婚姻終將塵埃落定，只有霏雲自己還蒙在鼓裡，當耕平和霏雲打得不可開交，一個恨不得立時殺了另一個才好時，古家和柳川便同時交換了一下哀傷的目光，柳川知道她這一輩子也當不上耕平的太太，而古家知道她和耕平數年來的歡情將被無情軋斷，霏雲不是柳川，她是一個中國女人，有她的倫理和愛人的方式，她絕對不會默許自己的丈夫同時和另一個女人有床第之歡，果然，耕平終於在一個春風沉醉的夜晚，和古家驅車前往處於九重山溫泉的一家情人旅館，在一陣狂風暴雨似的愛潮尚未退落之前，耕平從貼身的衣袋中掏出一把精巧的鑰匙，放在古家的手中，「我以後用不著它了，五年了，古家，我對不起妳……。」五年，正是耕平從德國歸來的時日，他和她在這裡建立了他們的愛巢，誰能知道呢？耕平這個被醫學院公認為連女人都不肯多望一眼的人！古家心裡痛得在滴血，她生為女人，卻不能為耕平家傳宗接代，她苦心安排了柳川，又被霏雲把一切都弄得翻了個够！古家認命，她知道她和耕平的緣份已經一了百了。

古家又要求回到了先前的醫院，柳川也突然拔腳就走，那一陣，病毒室混亂得毫無道理，該放入冰箱的試管卻在微波爐子裡烤得要爆炸，霏雲精心爲耕平製作的便當裡有一隻一定在病毒室裡到處跳過圓舞曲的蒼蠅！企業來人時，霏雲來不及躲掉，她一聲怪腔怪調的日語嚇得耕平恨不得立即有孫悟空的通天法術把霏雲忽地一下縮小，好藏在自己的耳朵洞裡。那一向，耕平用盡了日語中所有最惡毒的語言怨天尤人，幸好霏雲這邊耳朵進去，那邊耳朵就出來了，倒不是她爲人豁達、修養好，實在是聽不懂高深日語。耕平見霏雲在罵聲中日益成長，到底是聰明女人，試驗也一下接上了古家的角色，便當雖是不是鹹死人就是淡得耕平立即罰霏雲去買鹽，但畢竟能塡滿肚子了。一次，企業來人，見霏雲只笑不語，很自信的樣子，便大聲讚揚說：「森山耕平先生，開句玩笑，你這夫妻店管理得不錯呀！」

霏雲不知道古家、柳川爲什麼走，便認定是耕平罵人太狠把人得罪光了，便苦口婆心勸耕平喫喫平肝洩火的中藥，還威脅他若不改正自己也要逃回美國，領救濟金也不想白白挨罵。耕平一下愣住了，過了好久才走過來，燈光下，霏雲看見耕平的臉清晰極了，連下巴上剛剛剃過卻又倔強地冒出來的根根鬍鬚也清清楚楚，霏雲有一雙十分美麗動人的大眼睛，可正是這一雙大眼睛使她從小近視卻不肯戴眼鏡，連隱形眼鏡也不肯戴，此刻，她看見耕平的臉向她伏下來，伏下來，耳邊響著的是那使她依然想發笑，今天卻溫柔極了的蹩腳英語，「傻丫頭，讓我輕輕地告訴妳，她們走，不是因爲我罵人，是因爲我愛妳……。」

霏雲渾身抖了一下，她一下理不出千頭萬緒的心潮，卻也把臉迎過去，說：「讓我悄悄地告訴你，我背後給你起了綽號，叫牛魔王……。」於是，霏雲那晚上便給耕平解釋什麼是牛魔王，三個月後，她就成了牛魔王的夫人了。

家聲對這樁婚事竭盡全力的反對，激烈得好像好打鬥的唐人街青紅幫，只可惜他只能在越洋電話中揮揮老拳，霏雲連裝作看不見都不必要。霏雲的老父不置可否，只叨叨著耕平名字怎麼聽都不順耳，定是日本人把耕耘搞錯了。霏雲的媽媽相信女兒能治住牛魔王，「我家閨女是不吃硬的，小時候老爸打她，她就……」老太太說不下去了，因爲她向我說這話時，霏雲正挺著大肚子努力彎下腰去給耕平從鞋櫃中取出鞋子，而耕平呢，站在那等著呢，一隻手還撐在霏雲肩上，老太太便裝作眼睛花，只管說下去：「小時候，她老爸打她，她就……」

異國婚姻

去年秋天，家聲到英國開一個國際物理討論會，這是他第一次去英國，劉姥姥進了大觀園，他那幾天像上足了發條的錶，生命的時針跑得好快。他別的不瞧，一有空就鑽到海德公園聽人講演，還拿個筆記本不停的記。好在英國言論自由，看見他那鬼鬼祟祟的模樣沒人疑心。只是有一天，一大漢在他頭頂一拍，做了個砍頭的手勢，說：「中國人？大刀一揮，咔嚓咔嚓，那頭就像西瓜在地上滾來滾去，……中國女人都不想長大，把腳弄得小小的，走路盡摔跤，中國人……。」家聲胸膛一挺，想揚我中華民族浩然正氣，不意那人縱身一躍，跳上一塊石頭上，演講起來。家聲說，那是他有生以來聽到的最怪誕的宏論，也似乎是可以實現的宏論，他特意速記下來，寄來給我。演講詞大致如下：

「世界的公民們！上帝的孩子們！我們生活在一個充滿不公正的社會，戰爭、災荒、愛滋病弄得我們恨不得明天就請上帝創造另一個世界。可上帝說，不行！孩子們，罪人們，你們的苦還沒受够，你們自己救自己吧！我是上帝的使者，他常找我談心，他說有一個方法可使你們得救，那就是每一個人都把婚姻當做拯救人類的手段，讓我們去做，我們老了讓我們的孩子們去做！白人和黑人做夫妻，黑人和黃種人做愛，做！做！做！用不了一百年，我們的孩子不白、不黑、不黃；又白、又黑、又黃！他們不是英國人、美國人、中國人、日本人、非洲人！他們是世界人！孩子們！我告誡你們，這是世界大同的一天……。」家聲說，聽眾鼓動起來，一個金髮碧眼的女郎朝他直送秋波，他怕我罵，急急逃了。我不相信，不過這講演的確有些離經叛道。

我家表妹，和美國人里森結婚時，我母親很不贊同。她說，靜唯，姨媽最不喜歡的就是異國婚姻！別說妳喫米飯，他啃麵包這些小事，萬一中美打起來，妳倆忠於祖國就會夫妻反目，當賣國賊那滋味更不好受。等世界大同了再找外國人吧！靜唯當然不會聽母親的，她跟我講：姨媽那腦筋好舊！我家小妹，也曾差一點當了日本人的太太，也是被母親百計千方，教育說服，活生生地來了個棒打鴛鴦。母親並不是不懂愛情，她說：「名不正則言不順，言不順則事不成，上帝造人都想好了的，爲什麼要給他藍眼睛，妳黑眼睛，就是要區別開來。誰都願省事不願多事，上帝還不是一樣！弄得這麼仔細，也是造物主一片苦心呀！」表妹不聽，說：「人類是從猿猴進化來的，小學生都懂，姨媽您不要不信科學！」母親一聽更有理了,「猴子也分非洲猴、美洲猴,靜唯妳不要跟我辯!妳還嫌這世界亂得不夠呀!」父親最是個好好先生,一聽母親說話太重,連忙出來打圓場,說:「愛情沒有國界,愛上了也是緣分,只是要有好的中國男孩子更稱老人心!」可靜唯到底沒聽老人的,她後來婚姻失敗,母親就多了個反對異國婚姻的實證。

風流詩人郭沫若的第二任妻子是日本福岡人,當年郭在九州大學唸醫科,四川老家已娶有賢妻,這是個很老實本分的鄉下女人。郭在日本留學期間,每一月會給父母寄去一封信,可信中幾乎從來不提及自己的妻子,一聽說丈夫來信,妻子就湊在一旁靜靜地聽,直到有一天,丈夫的信中突然提到了另一個女人——佐藤富子,即安娜。許多年之後,安娜和這個四川女人一樣,從丈夫那聽到了另一個女人的名字,一位廣西小姐,于立群。

安娜是日本最有風情的博多女人中的一個。「博多の女」在日本以多情、婀娜柔美而著稱,一彎多珂川和一彎母親臂膀似的博多灣洗淨了俗世的鉛華,使它的女人有一種聖潔的美。而博多的男人,自古多商賈,商人重利輕別離,男人的負情和女人的癡情,便是這博多說不盡的故事中最摧人腸斷的一章。安娜將終身託付給一個異鄉客,恰好這異鄉客又有一顆蕩動不定的詩人之心,這悲劇也就不可避免了。更可悲的是日本,這個從華夏文化之母——中國那盜來、學來、拿來了許多的日本,卻注定要在它羽毛已豐時去偷襲、強奪母鳥的巢。

郭沫若在女人和祖國之間選擇了後者，他悄然離去，離去那天，花兒開得正好，五、六個中日混血兒在院子裡嬉遊，他們並不知道自己屬於日本還是屬於中國，他們想依戀的是爹爹和俄卡桑（日語母親），而安娜正在操勞著晚飯，直到郭沫若回到中國，她才知道丈夫選擇了他的祖國。從此，安娜獨自撫養一大群孩子，鄰人駡她中國婆子。從此，這個可憐的博多女人就完完全全地毀掉了她的一生。她的悲劇有負情的意味，于立群才貌雙全，于和郭沫若之間又有深厚得割不斷的祖國背景，所以，安娜的悲劇又含著民族的悲劇，在中日戰爭的巨大陰影之間，異國婚姻那本來就很脆弱的基礎便土崩瓦解了，祖國總是高於一切的。

愛情沒有國界，婚姻也不當因為人種而成為障礙，愛一個人，自然也就會去愛他（她）的祖國、他（她）所屬的民族，和培育了他（她）的文化背景，所謂愛屋及烏也。可我在日本看到我的一些女友，她們嫁了日本人，可只要有機會碰見我，就要跟我講日本這個民族的不是，我聽著，多少次在心間湧出一股蒼涼的感覺，將來孩子們長大，又會在心中怎樣去解開他的民族情結呢！所以，我以為混血兒，尤其是歷史上發生過不快的兩個民族結合下的產物，他的人生銘刻著的深刻苦悶無疑是一齣悲劇。

究竟是異國婚姻促進世界大同，還是世界大同了才有好的、永久的異國婚姻，我不得而知。家聲說：「小舟，如果讓妳母親也去到那海德公園，和那英國大漢打起擂臺辯論一場，豈不有趣？」母親聽見好樂，知道在那遙遠的地方，有一種理論和她的理論背道而馳。她確信自己可以說服他、戰勝他，只是母親很擔心在她的人生中，上帝並沒有讓她去海德公園宣揚她的理論的打算。這世界太大了，對於母親來說，海德公園是個飄浮著的夢。我把母親的理論敍出來，那大漢說不定眞會讀到，不過，相信他不懂中文。看來，上帝創造的世界就是一個五彩繽紛的世界，有差異才有美，大同之日，還遠著呢！

柿的物語

秋風一起，日本列島的山坡、平野、人家庭院處處燃起了一盞盞淺黃的、通紅的、淡粉的、嫩綠的小燈籠。在秋風中招搖，秋風中輝煌，秋風中零落。我看柿這兒一樹，那兒一簇，三棵五株，便覺得有點像這島國的氛圍，這島國人的心境，透露出幾許孤寂、幾許凄涼，我知道有一賞柿的好去處，千樹萬樹，連著山，接著嶺，看不盡，望不到邊，那就是柿海了。

春天的日本，櫻花開得好熱鬧，賞的人多了，我反倒感到這櫻怕是不那麼高興人們圍住它，評頭評足的。所以朋友喚我去賞櫻，十有九次我會推託，可我愛賞柿，年年沿著伊川江，走完那彎彎曲曲的石板山路，穿越一片竹林，便和那蒼蒼茫茫、一望無際的柿海親近了，我是這柿海的知音，不去心裡會寂寞的。

柿海好大，我一走進去，就像一艘小舟在海裡蕩著，我不敢先走進太深，就沿著柿海的邊沿賞起柿來。在柿海的中央，有一高高的瞭望臺，我摘下頭上的綢巾，大聲喊道，我來啦！那兒有一位俄濟桑（日語老爺爺之意）他知道小舟年年會來，當秋風乍起，柿兒紅透的時候。

日本多柿。柿的種類也很多，有一種尖尖的、小小的柿是做成柿餅纔好喫的。有一種扁扁的、挺大的柿是生喫的。有一種青色的柿是要煮一下的。但無論那一種柿，都一律很甜。

我的朋友高橋夫人家有一株柿樹，是她父親手植的，如今老人早已作古，而柿樹卻年年碩果累累，一到柿兒成熟，她就會打電話來：「小舟，快快提了竹籃來，把柿兒搬到妳那去！」我便歡天喜地地去了。爬上柿樹，在樹下鋪上棉被，我像猴兒一般輕巧，一個又一個摘了朝下拋，高橋夫人的小外孫樂得了不得，一個勁地嚷，小舟姑姑好能幹！我就摘得更快了。把最大的、最紅的獻奉到高橋夫人的父親墓前，高橋夫人眼睛一紅，就會默默地說：「父親，你從中國帶回的柿種今年又豐收了，您老人家該高興了吧？」原來這柿從我的故國來，我喫了這柿兒，心間思鄉的心緒便平靜了許多。

柿樹不擇地而生，山澗、水邊、田間，處處可見。性耐寒、耐旱。樸實無華，卻結果輝煌，柿原是很實在的果物，是平民的朋友呢！

我的故鄉桂林，柿樹也好多，只是有些澀。買回家，要把它放進米裡，埋上好多天，或泡在水中脫澀。日本的柿不一樣，澀的很少，就是籽兒很多。小孩子喫柿，大人就很不放心，跟在後邊叫，「小心籽兒卡喉嚨！」孩子跑得遠遠的，回頭做個鬼臉，「不會的，卡了也不要緊呢！」小孩子捧個大柿子喫的樣子很可愛的。而且柿籽圓呼呼地，就是不小心嚥下去，也不要緊的。

柿海眞大呀，俄濟桑果然看見我了，他掛起了一面小旗幟，那是柿海向它的來訪者致意的標誌。我放心了，大膽向柿海深處走去，因爲俄濟桑的瞭望臺裡，我無論走到哪，老人都會知道我的方位。

日本勞力不足，柿兒不能及時摘下，據說三分之一便自生自長，歸於自然。只見柿林成熟的柿兒寂寞地等待收穫，樹上紅柿如雲，樹下紅果委地，靜靜地臥在青草地上，我走過去，憐惜萬分，想起了古人詩句「落花不是無情物，化作春泥更護花」。柿兒也如此呀，滋潤了果樹，來年果更盛、果更好，可是柿的本意原是想給食它的人帶來甘甜的，就這一點來說，這柿兒眞可惜呀！

我第一次來柿海，是幾年前的事了。那年秋天，柿海的主人到大學去，招收打工的學生，幫助摘柿，我也報名來了。主人講，你們儘管喫，儘管往家拿，就是不要傷了樹，它們是我的闊多麼（日語孩子之意）呢！我在這柿海打了兩周工，從此知道這柿海很有魅力，它縈繞在我的心中，使我年年如故，秋風一起，便趕來和它親近。

秋的柿海，雖然沒有故國北雁南飛，黃花深巷，紅葉低窗，那種飄零清冷的美，然而自有它的充實、它的風韻，颯颯秋風裡，萬樹柿兒紅，襯著如洗的晴空、起伏的山巒，怎不叫人陶醉其間呢？

我喜歡柿兒，幻想將來有一個庭院，院子裡便種下幾株柿樹，秋風一起，我便忙著賞柿、摘柿、喫柿，那是怎樣一幅人間歡樂圖呀！

只是這柿海，會依然使我魂牽神縈，無論我走到天涯海角，也不會把它忘了呢！年年歲歲柿依舊，歲歲年年人不同，我看柿兒昨年一般紅，而柿兒見我卻添了幾分憔悴吧！柿兒與這山、這片晴空長相依，而小舟明年不知人在何處？我本是個天涯遊子呢！只是這心間，總會有那麼一片望不斷的柿海。

香蕉物語

在大陸，香蕉是上等的水果，一般人不易常常喫到。我的故鄉是廣西桂林，算是南方，人家院子裡也常常栽種芭蕉，可惜只長葉不結果。後來到北京工作，香蕉就愈加珍貴。小小的、黑漆漆的幾根香蕉要賣好幾元錢以上。幾年前，我來到日本，第一天逛市場，抱回的就是一大把臺灣香蕉。一喫上癮，從此，便和這又香又甜的臺灣香蕉結下了緣。

日本並不出產香蕉，香蕉全部從臺灣、菲律賓進口。菲律賓香蕉個大、色黃，外型很誘人，價格也比臺灣香蕉便宜。可我卻只買臺灣香蕉，儘管它價格比菲律賓香蕉要貴幾乎一倍以上，而每一分錢對我這當時靠在餐館洗碗爲生的大陸窮學生來講都十分寶貴，可我依然只買臺灣產的，一是因爲臺灣香蕉甜、香、軟；二是因爲我是個中國人，喫這香蕉別有一番滋味，感覺特別親切。

香蕉可解餓，我一忙一急，常常來不及做飯，呑下幾根香蕉就好。香蕉皮可美容，日本的各式化妝品多得讓妳眼花撩亂，貴得讓妳駐足不前。房東太太便親授密訣，告訴我每早每晚用香蕉皮搽面，這位日本老婦人已七十好幾，依然粉面桃花，據說便得益於此。香蕉還可製作點心。我見日本麵粉便宜，香蕉也便宜，雞蛋更便宜，就三者合一，做成香蕉蛋餅，甜餅加白糖、黃油；鹹餅放葱花、蝦仁，每次請客，總是讚聲不絕，幾位男士還直打聽我是否是小姑待嫁，想娶了我好天天有香蕉蛋餅喫。香蕉也可以做飲料，用電動器打成糊狀，沖入涼開水，加點白糖就是讓人喫了不肯放下杯子的香蕉水。

香蕉還有一妙處，日本人大都深曉，只是不大好意思說，中國人大概不太知道，至少我就是來日本後才明白的。一次我正拿著一根粗大的香蕉大嚼，被日本女友瞧見，就一個勁地羞我，說：「以後喫香蕉別那麼如醉如癡，一股饞相，人家會笑妳想男人。」弄得我丈二和尚摸不著頭腦。後來讀到一本書，是日本一個著名的醫學博士專家寫的，他是性醫學專家。他講治療女性性冷淡等疾病，可讓患者多喫香蕉，我纔恍然大悟，一陣好笑。

香蕉營養也好，又富有纖維質，多喫也不會擔心發胖，從這一點說，香蕉又是現代化水果呢！

理惠夫人是我的朋友，她曾告訴我她的少女時代的綽號就叫做香蕉小姐。理惠的父親早年在臺灣住過不少年，會說臺語。據理惠夫人說，她父親是日本最早把臺灣出產的香蕉進口到日本的貿易商人之一。戰後的日本，香蕉十分珍貴，只有病人和受父母疼愛的孩子纔有幸喫上一兩根。她家的商店賣香蕉，就像現在的水果商賣夏威夷的珍奇水果一樣感到自豪。她父親的生意很好，買下豪華住宅，送女兒上私立貴族學校。理惠的便當中總有一根黃燦燦的粗香蕉，同學們好嘴饞，都叫她香蕉小姐。後來日本經濟飛騰，臺灣香蕉已飛入尋常百姓家，又受到美國、東南亞大量湧進的其它水果的衝擊，價錢便一降再降，一百日圓就可以買到一大把上好香蕉，而喝一瓶最普通的飲料還要一百一十日圓呢！

日本人把香蕉加工成香蕉片，價錢便漲上去了。日本製作的香蕉片十分好喫，雪白的香蕉片中間一圈淡黃色的香蕉心，放在口裡又香甜又脆脆的。臺灣觀光客到日本來，也忍不住買上幾袋帶回去呢！去年我去新加坡，竟在商店裡看到日本製造的香蕉片，售價不低。新加坡是水果王國，菲律賓、泰國的香蕉應該不少，可是香蕉卻價格高於日本，這使我很不好理解。當時我家小妹正懷孕，母親爲她買來一大掛香蕉，讓她喫了不便祕。誰知被菲佣偷偷喫了好幾個，小妹好生氣，硬把那個菲佣辭掉了。我聽了這一段香蕉案，不禁好笑起來，小妹說，因爲香蕉挺貴，她喫了幾個都有數的，我講給小妹在日本的朋友聽，那朋友直嚷，「快讓夏小青回日本來，我們這兒的香蕉又便宜又好喫！」

去年我回大陸探親，在行李包中悄悄塞進了一串臺灣香蕉，是那種皮薄肉厚、又香又軟的芝蔴香蕉。一出飛機場就忙拿出來請來接我的朋友們喫。父親說，如今桂林香蕉很多，也比較便宜，但總好像沒有我帶回來的香蕉甜。北京街頭香蕉也不少，大都是菲律賓或泰國的產品吧，個大，小孩子拿一根喫就好像抱不動，搖搖晃晃要摔跤，很可愛的樣子。

香蕉是眞正可以充飢的水果，但喫多了對胃不好，所以犯胃病的人不宜多喫，這大概是香蕉唯一的害處吧！

關於香蕉的話實在太多，就此打住，日本的商店關門太早，我想快快扔下筆好去買一把又香又甜又親切的臺灣香蕉。

寵物情

半年前，我搬了一次家。這新居的附近終日遊蕩著一隻白貓。我想收養了牠，又怕自己自顧不暇，照顧不了這小東西。而且，我也極怕貓的眼睛，總覺得貓是性靈之物，藏著幾分詭祕。冷不丁站出來，狡猾地瞪眼望著妳，它雖不會做人聲，主人就是日夜策劃要去搶銀行，也不必擔心它會跑到警察局報警。可那一雙警覺的貓眼，總會使妳有幾分不自在。我家小妹在日本時，我們的房東的小狗常來拜訪我們。那是一隻極溫柔、極熱情的小哈巴狗，牠在榻榻米上愉快地翻筋斗，一聽見有人按門鈴，牠就積極響應，忙得差一點摔一跤，而房東的小貓呢，竟一次也沒有登過門，偶而在院子裡碰見牠，牠漫不經心地瞅上我一眼，又忙牠的去了。可牠那一眼，竟使我這敏感的異鄉人覺悟出了許多，背上也涼涼地有些寒意，好像那貓也知道我剛跟牠的主人爲漲房租爭辯了一場似的。所以，我是不很喜歡貓的。

遊蕩著的野貓是無家可歸的流浪者，我從外邊回來，總會看見這隻大白貓等待著我。牠已不很年輕，一副飽經風霜的世故像，我掏出鑰匙開門，牠就親昵地咬抓我的長裙，我一低頭，便和牠的視線相遇，見牠有幾分懇求，懇求中又透出溫順和理解，我不忍心天天把牠拒之門外，終於放牠進來了。

日本商店貓食種類很多，我卻從未買過。貓人同食，我喫什麼也會分給牠一份。牠有時會鬧鬧脾氣，不屑一喫，我不睬牠，牠至多堅持一天就會投降。牠自己上廁所，不用我操心，洗澡用淋浴，淋得牠狼狽不堪牠也認了，不想反抗，不知是否我家牆上那副高高懸掛著的「忍」字對牠的教益所致？有一次，牠打翻了一盆我剛做好的湯，我罵了牠不算，還把牠的頭重重地打了兩下，牠一氣之下出走，浪跡江湖，大有不歸之志，牠後來依附於一英人鄰居，復出走，自此雲遊何處，不得而知了。

白貓無名，我用日語叫牠呢閪（日語貓的發音），牠懂日文，這是牠的母語，亦通中文、英文，當是一隻頗有教養的貓。牠棄我而去，是因爲我薄待了牠。棄那英人鄰居而去，又是何故呢？一日我在商店購物碰見英人太太，無意中提及此事，不料英人太太大怒，說：「牠嫌我們窮了呢！如今擇高枝到對面高級住宅區去了，沒良心的東西！」我聽了好笑，英人太太又說：「要是我們餵一條狗，是絕對不會這樣的。我們先前也闊過的，養了一條德國良種狗，後來我丈夫搞期貨破產，把狗送了朋友，朋友家眞是錦衣玉食，可牠還是自己跑回來了。哼！哪像這隻貓！」我也有些憤憤然，想那貓的出走大概不是我敲了牠的頭，而是嫌貧愛富呢！因爲破了產的英人，在此教授英文，收入遠較我多。果然，我不久眞的看見一位很富麗的太太把貓放在腳踏車前的筐子裡，揚長而過，那就是我曾收養過的貓！牠如今早已不是當年的落魄樣，養得胖嘟嘟的，懶洋洋地望著我，這小壞貓！我恨恨地眞想衝上去罵牠忘恩負義。

山本太太知道貓的背叛後，同仇敵愾，便張羅著送給我一條小狗，小狗在山本家住了四年，牠喫香喝辣，連身上的小背心也是名家裁縫店製作，我擔心牠不安於我家的清貧生活，早晚會揚長而去，便對牠淡淡地。碰著我忙時，牠連肚子也塡不飽，可牠依然追隨於我，一副愚忠樣。有時我牽著牠到山本家玩，牠和山本家的狗小別重逢，親熱地打成一團，進餐時，也無謙讓之禮，喫得肚子渾圓。山本家的狗十分驚詫牠的好胃口，不知這位仁兄在我家哪裡有此佳肴！可我起身告辭時，牠也會立即隨我返家。我家離山本家不遠，牠受舊主人之命歸屬於我後，從未叛逃過一次。

可小狗不安靜，總想建功立業，日有所爲。牠衝路人狂吼，把來訪的友人當賊。一到傍晚，就可憐巴巴地求我帶牠出去散步，牠的急功近利，鬧得我有些煩躁，我是個極愛安靜的人，先前那隻貓，倒在這一點上很對我的脾性，終於我牽著狗，送牠回到了山本太太家。

貓跑了，狗也被我送走了，我嫌貓之不忠，厭狗之躁進。水至清則無魚，人至察則無徒，我和貓、狗的不得長相守，朋友們都怪我苛求於小動物，活該貓叛狗離。嗚呼！我無言以辯。

又過了一段時日，貓狗的哀傷已經過去，一友人忽然造訪，她一進門就從懷裡急切切地抖出一個小東西來，哎呀！是一隻毛茸茸的小白兔！長長的耳朵機靈地張著，紅紅的小眼不好意思地垂著，乖得好像睡在搖籃裡的小人兒。友人得意地叫道：「小舟，小兔送妳！我從上海把牠帶來，信不信？牠就躺在我大衣裡的口袋裡混到日本來了！牠在我口袋裡一跳一跳的，那海關的人怕以為我肚子裡的小毛頭在造反呢！」眞是賊大膽！可這小兔也眞可愛！

我用紙盒給牠安了一個家，鋪上厚厚的毛巾，又在上面放上報紙。小兔喫蘿蔔，也喫青菜，高興了也會在房子裡一蹦一蹦地。牠安靜馴善，有如我最欣賞的心境。牠愛乾淨，出恭有方，不會弄得到處都是。朋友們來了，照例要看我的小白兔，天氣好時，牠在陽臺上玩，陽光把牠長長的耳朵印照得透明，溫柔至極的小兔在朋友們的手裡乖乖地傳來傳去，看見牠一縷濃得化不開的鄉愁便淡淡地消退了。

山本太太也來看我的兔，她勸我把小兔送給附近一所小學的孩子們飼養，那兒有五、六隻小兔，「牠一個人孤單單的，多可憐呀！牠不說我也知道，我學過心理學呢！動物和人一樣呢！」我以為有道理。現在小兔要當媽媽了，牠在那兒認識了一位王子，情投意合，雖是異國婚姻，可誰都講是一段好姻緣。孩子們叫她仁美，我不同意，她有中國名字，叫白雪公主。孩子們便用生硬的中文喚牠，一看見我，孩子們就講：「白雪公主的媽媽來了！」

那隻小狗呢！我叫牠「騎士」的小狗如今是回到了牠的富貴之家了，不過看見我，還會親熱地撲上來。只有那隻小壞貓，連懶懶地掃我一眼的興趣也失去了，或許是認不出我是誰了，人都健忘，何況貓呢！

渴望白畫

我喜歡酒，喜歡它的種種色澤，更喜歡酒的躁動，酒的靈性，酒創造出的情調。「古來聖賢皆寂寞，唯有飲者留其名。」酒是很詩意的東西。我這麼說，愛酒者聽了，便認定我是他們的同夥，「小舟，一塊喝酒去！」熱烈的情分因爲這酒而愈加濃得化不開。待到坐定，纔發覺我只要一杯橙汁、一杯可樂，打死也不肯沾一滴酒。偏又笑盈盈地說：「我原來並不會喝，但我的確是酒的崇拜者。我看著大家喝，心裡好高興……。」朋友聽了，好一陣痛罵，「這潑皮般的夏小舟，活該灌她個飽，就不會耍貧嘴了。」這下可好，死活硬灌下去，不過幾分鐘，只見我臉上一陣紅潮泛起，接著轉成慘白，末了，便如女人常用的緊膚霜般，脫下一層又一層的皮膚屑，一摸頭皮，還會起密密一層大疙瘩，原來是酒精過敏者也，只好饒了我去。不過我依然愛談論酒，知道它許多時候是人類少不了的好朋友。也因爲我的一生中曾與兩個愛酒的女人有過難忘的相遇，我對這酒就有了一份親情。

我三十多年的人生道路，最最難熬的是那一年冬天。小時候就從父親的大書架上翻到川端康成的《雪國》，那一串美麗的描繪至今不忘。

> 穿越國境線漫長的隧道，就是雪國。夜幕底下的大地一片白茫茫。火車在信號站前停了下來。

我的故鄉很少下雪，我對雪有一種憧憬。可那一年冬天，我便討厭了雪。舉目無親，一個窮學生，守著冰冷的小屋，沒有錢，又患著病。我的房門很少有人把它叩響，除非是有人敲錯了門。相親相愛了十年之久的天明忽然另有所屬，寂寞黃昏，漫天大雪中，接到他那個電話，他解釋，他留戀，他自責，末了他講：「小舟，我要扔電話了！我講了這許多，這兒氣溫今天是四十度，嗓子冒煙，一頭大汗，我要歇歇……。」「天明，求求你不要放電話，你聽我說，這兒在下雪，鋪天蓋地的雪下了整整一周。門前的小徑被積雪埋住，我摔了好幾跤了……。」我的話音未落，那邊的電話就嘎然而止。我都說了些什麼呀！我拍打自己的頭，一下倒在榻榻米上，淚若泉湧，望著窗外紛紛揚揚的漫天大雪，我知道我和天明隔著群山，隔著大海，還隔著春天和秋天……。

怎麼辦？我該怎麼辦？我這可憐的一葉孤舟！臥軌？前方二百米不到就是JR鐵道，可是那種死太俗氣，明天會有好些人圍觀，好些人因爲我耽誤了他們的時間而憤怒。投海，海也不遠，可這漆黑冷冰的日本海願不願收留一個異鄉女兒？雖說天下的海源出於一，可水天茫茫，我會迷了回故鄉去的路……我就這麼不喫、不喝地抱著膝坐著，忽然看到了牆角上一瓶插花，是我的創作，並不高明，且花葉都已凋零，只是那花瓶很有特色，是和子小姐送我的一個酒瓶。和子小姐是一個基督教徒，一個從未出嫁的潔淨女兒。她在教會教德文，一輩子就愛喝酒。洋酒、日本酒、中國酒，是酒就喝。女人而愛喝酒，基督徒而嗜酒，在這小城就有了名氣，她一個七十多歲的老太太，比孩子還純眞，人們就講酒是可以淨化人的心靈的。和子小姐不酗酒，她是懂得酒的脾性的人，恰到好處，取酒之精華，棄酒之凡俗。她是我苦難日子裡的救星，我決心去找她。

我換上棉和服，拖上一雙木屐，頭上包裹著一條母親手織的大圍巾，冒著蒼茫夜色，在大雪中摸索到了和子小姐家。她靜靜地傾聽我的傾訴，末了說：「小舟，我們喝酒去！妳要死要活我也管不了！可這酒是要喝的。」我倆在大雪中互相摻扶著，朝那家門前掛著通紅小燈籠的居酒屋走去。

雪被隔在窗外，屬於另一個世界。爐中熊熊的炭火，溶化開凝聚在我骨子裡的寒冷。我們挑了樓上一個僻靜的座位，點了幾樣小菜，叫了兩份清酒，她喝，我便默默地看著她，把自己杯子裡的酒一滴滴地倒在她的杯子裡，「小舟，酒是消愁的好東西，我替你把這酒喝了，愁依然跟隨妳，妳便自己把它喝了，從此把這愁拋了去，快快樂樂地活著，你說好不好？」和子小姐問媽媽桑（日語老板娘譯音）又討來一杯酒，這樣勸我。

我很猶豫，和子小姐就把媽媽桑叫來，她倆是少女時代的好朋友，兩人一陣低語，只聽媽媽桑講：「孩子，我知道妳渴望愛情，妳知道我渴望什麼？我渴望白晝，渴望陽光。我的母親十八歲就嫁給了這家居酒屋的老板，她從此就和白晝絕了緣，居酒屋是從晚上九點到第二天早上五點營業，白天她就昏昏地睡，夜裡她就拼著命幹，母親活到八十多歲去世，臨死前一天她還在居酒屋幫忙收錢、算帳，她對我講這一輩子什麼也不缺，就是渴望白晝，渴望在白晝勞作，一個最最平凡的東西在她一生中卻成了最最寶貴的，我這一輩子又像母親一樣……，小舟，妳比我命好呢！妳渴望愛情，愛情可是件了不得的奢侈品呢！得到是妳的福氣，得不到也是正常的。不像我，大家都有的我卻得不到，小舟，妳在我這樣的人面前，還好意思愁眉苦臉麼？」媽媽桑的一席話使我頓悟，那一夜，我喝了好多酒，忘卻了一切煩惱。我謝了媽媽桑，把手上那隻景泰藍手鐲硬塞給了她，我知道她喜歡，原來我只是小器，捨不得給她，我突然感到自己得到上帝許多厚愛，不應抱怨。我又感到自己擁有太多，應該給予。媽媽桑把手鐲戴到和子小姐手上，對我說：「是和子小姐教我這麼講的呢！小舟妳要謝她纔好！」

和子小姐後來死於癌症，她的墓碑上刻下她自己生前擬好的墓誌銘，「佐藤和子，性嗜酒，從而喜愛人生……。」不知旁人如何評價，我是極喜歡的。

好些年以後，我又回到了自己學生時代的小城，獨自走進了那一家居酒屋，迎接我的是媽媽桑的女兒。我靜靜地坐在當年的角落，窗外是滿天繁星，擁著一輪冷月，寂寥而輝煌。我問年輕的媽媽桑，可知道渴望白畫這句話。她說：「聽母親說過，當年有一個女孩子從好遠好遠的中國來，她父親早年也來日本留過學，後來中日開戰，沒完成學業而歸國了。她就住在後街的三番目町，她沒有錢，一天打好幾份工賺學費，她還有病，常常發燒。她也沒有親人，就到附近教堂去，認識了和子小姐。後來她的丈夫爲了留在澳洲，和一個澳洲女子同居，生下的孩子快一歲了纔告訴她眞情，她好傷心。和子小姐就教母親講了一席話，那女孩在這喝了一夜的酒，她酒精過敏，弄得死去活來，可她從此就了解了人生，她後來趕巴努（日語奮鬥之意）有了出息……。」

一個美好的關於我的物語，我會把它記到永遠。人生的場景一幕又一幕，匆匆開演又匆匆落下幃幕，不要去想自己的角色重要與否、自己人生的患得患失。不幸的人生比比皆是，關鍵是輕輕快快地活下去。我端起手中的清酒，敬奉給和子小姐和媽媽桑的在天之靈，願這對好朋友一個賣酒，一個喝酒，天作之合，高高興興。想必天堂沒有黑夜，媽媽桑可以在白晝下勞作，只是和子小姐不合意了，喝酒偏偏在夜裡纔過癮哩！人有悲歡離合，月有圓缺陰晴，人生總是有所遺憾的呢！

第二輯　永遠的港灣

北京舊人

我與天明分手後，親友們眞是萬分關心我個人的感情生活，三妹一馬當先，替我抓了一個來，時日匆匆，我和他相交已有數年，我在日本，他在美國，每周一個越洋電話，每半年聚會一次，婚嫁之事原有些形式，他要我早日完成這形式，好在圍城中一塊受苦。我不想上當，我這人婚姻失敗過，學的又是在美國找不到飯碗的專業，隨了他去，每天從他手中追著討飯票，會傷我小舟自尊心。母親知道大罵我糊塗，催我早早嫁了他，到美國過安穩日子。母親見過他兩次，便暗地裡送了他個綽號，何大少爺，這綽號並非隨意賜給，原是有些故事的。

何家原是替皇上養馬的人家。清朝的北京城裡，這活計本是個清水衙門，沒有什麼油水可撈的。可何家卻偏偏發了大財，清朝的官吏都糊塗，腦子好一點的人就可以鑽他的空子。何家對皇上的官吏說：「我家替皇上養御馬一百匹！」官吏一聽就發給他家一百匹馬的飼料。有黑豆、赤豆、老玉米棒子……何家連個馬圈也沒有，上哪去養一百匹馬？騙皇上的呢！可是騙皇上是要殺頭的，何家人膽子沒那麼大。皇上一打獵、出遊，就要用馬，馬從何來？何家連馬毛都不見一根，原來是把飼料提高價賣給郊外眞正的養馬人，遇著皇上要用馬，立即用低價租馬來供給皇上用。這租馬的費用賤，而一百匹馬配給的飼料貴，這一貴一賤之間，白花花的銀子就進了何家門。後來何家用這錢把前門外大柵欄的地皮買走了一半。何家的孩子到大柵欄去玩兒，連同仁堂的掌櫃都要衝小孩兒賠個笑臉。

何家傳到何五爺這一代，也就是我的男友的爺爺這一輩時，女兒一大堆，男孩就何五爺一個。何五爺上了洋學堂，有了新思想，想去放洋留學，五爺的父親、祖父嚇得半死，想出一個歪主意，勸誘何五爺吸上了鴉片，這鴉片一上癮，別提放洋，連城外也不樂意去了。整天吞雲駕霧，捧名角，鬥蟋蟀，提著鳥籠子在前門下溜鳥。北京解放前夕，一個共產黨地下祕密情報人員不知怎麼混到這何家大院來了。何五爺高高在上，百事不採，實施的是黃老政治的無爲而治，加上何家房子多得很，五爺並不知家裡住了個共產黨，不料北京解放，這人做了個不小的官，說何五爺對革命有功，不過後來大陸公私合營，何家財產全部歸爲國有，昔日京華繁榮，早成南柯一夢，不久前我男友回大陸探親，還發現沒個房子安身呢！

家聲（我的男友）的父親是個土木建設的工程師，對北平城的規劃、建築有些研究，他加入的是民主黨派，他這種人也進不了共產黨。老人一生愛發牢騷，一次罵民主黨派的頭目說：「咱這破黨淨吸收些唱京劇的、賣中藥的，我老何不想與此輩為伍！」老人逝世也好些年了，我終歸要嫁做何家婦的，只可惜這挺正義的老人不在了。聽家聲講老人會背好多好多詩，「小舟，不比妳記得少！」家聲曾不只一次地對我吹噓他的父親，特別是當他連常用的中文字也要巴巴兒求我幫他提醒時，他就擡出老父和我抗衡。

家聲學的是理科，他對我的舞文弄墨時有不敬。可相處日子長了，我從他身上看到了典型的北京舊時大家子弟的種種，我說不出這種種該怎樣下定義，我母親一個何大少爺就概括得淋漓盡致。

日本有一種火鍋料理叫莫次鍋，莫次是豬大腸、牛大腸的意思。把豬、牛大腸放進鍋裡燙熟，淋上醬油，和著青菜葉一塊吃。我愛吃，便特意把他也帶了去，他一見腸子上了席，氣得指著我鼻子罵，「笨小舟，我才不吃這軟不搭拉、臭腥腥的大腸，我只吃精肉！」把我一頓好氣。

他會唱京劇，唱得韻味十足，只是很煩人，總叫我在旁邊提詞，幫著用口敲鼓點，他唱花臉，也唱青衣。沒學過師，這本事是從祖上稟承下來的。

他吸煙，罵了也不改。說：「又不是鴉片，妳怎就急成那模樣，這點兒人生樂趣我不放棄。」

他痛恨家務，只想我變得五頭六臂，又有孫悟空的分身術，替他把美國的家也收拾俐落。可我偏偏笨得很，做家事很不在行。他就恨自己所賺太少，請不起佣人。

他很盼望美國換新總統，宣布下午兩點上班，因爲他夜裡不肯睡，早上又不肯起。懶倒是不懶，就是忙不到點子上。

他不想管事，先前本是要改造我這個笨人的，誰知現在和我一樣笨。他也不想出人頭地，還叫我也悠著點，他說最不愛去紐約，一看人家腳步匆匆地就發暈。他想和退休的老人一樣坐在長椅上曬老陽兒，也想過用英語改造京劇，在美國人面前露上一手。他要我和他一塊合作，譯那戲文兒。「蘇三起解」他譯了一半時被我三妹撕成雪片，邊撕邊罵，說：「全美利堅合眾國就你一個散人吃飽了撐的！你有空玩玩股票，和人合夥倒騰一下生意，多賺兩個錢把二姊養起來有多好！」他不吭氣，對我講幸好妳夏小舟不是三姑奶奶那德性，不然我打一輩子光棍也不要妳！

他學的專業很先端，可少爺脾氣一上來，儘跟老板打架鬥嘴，說是不爲五斗米折腰。見別人討好上司他就諷刺打擊，你想，上司知道了還能不恨！我確認他這一輩子不可能飛黃騰達，不免有些傷心。他反倒安慰我說：「小舟，妳別失望，吉人天相，我們何家人都是五十歲後才發達的，妳再耐心等我十年好不？」

去年，他把母親接到一塊住，這老太太是個旗人，規矩特別多，早上要請安，晚上要道謝，家聲更是磨磨蹭蹭出不了門，娘兒倆黏乎到一塊了。老太太的先祖在北京城也有些臉面，是替皇上修水利的官，一次修河，貪污太多，河道偏又缺了口子，就被皇上革了職。可旗人家，餓是餓不死的，皇上對這些人不忍心不照應，照樣支給月銀不誤。一次老太太的曾祖父在天橋賭錢，贏了個滿貫。老爺子滿心歡喜，正要把錢揣進懷裡，只見一人騰地給他跪下，說：「好老爺，你就把這錢賞了我吧，您家大業大，不缺這幾個小錢花。我是個生意人，倒了店了，您把這錢賞了我，我是枯木逢春，久旱遇雨，起死回生呢！他日我生意紅火了，再來給您百倍千倍兒地還好不！」老爺子本不想給，可見眾目睽睽，都在等下文呢！他愛面子，把手一揮說：「賞了你，快快回家去，我王老爺不定一下又換了主意！」那人謝了又謝，後來果真發了財，找老爺子報恩來了。怎麼報？娶了王家小姐當兒媳，這就是前門有名的茶葉店，北京人無人不知，無人不曉呢！買賣真大，茶葉店老板有包車、佣人、夥計，公私合營前，家聲還在他家看過電視，坐著小汽車在北京城裡穿大街，走小巷。五〇年代時，這是很威風的事。老太太在美國兒子那，熬參湯，天天逼家聲喝，做北京小吃豌豆黃，一做一大鍋，吃不完了敲開鄰居家的門，又是講解，又是示範吃法，滿腔熱情的宣傳老北京文化。三妹偷偷向我告狀說：「二姊，我看妳將來不好當他家媳婦，這家聲不中不西、不土不洋，中文沒英文利索，可又死抱那老北京規矩不放，原本一個人曲高和寡，如今又添了個老太太志同道合，力量大了好多，妳以後是同流合污，還是另樹家風，都是精神痛苦之事。」我聽了又好笑又好氣，一個越洋電話打過去，指名道姓要家聲聽我訓話：

「美國是什麼社會？爭分奪秒，你倒有時間鼓搗什麼豌豆黃，還不快快給我打住！」我大聲叫道，想必他耳膜會震破。

「哈哈！什麼豌豆黃！妳不了解情況就訓人，美國可沒咱北京那樣的豌豆呢！也好，我和老太太開著車跑了半個城才找到一家賣黃豌豆的，可那豆兒是青色的，回來怎麼弄都不脫色，我們就只好將就，誰知做出來的豌豆黃，哦，不對，誰知做出來的豌豆綠味道好極了！我對老太太講，要不給小舟寄點？我們又是裝盒子，又是用塑料紙保鮮，誰知那郵局還不讓寄！小舟，妳不知道做得有多成功！顫波波的、碧綠碧綠的，不稠不稀，不軟不硬，不甜不淡，咳，上品呀！够得上宮中水平！只可惜這郵局太死板，死活不讓寄，其實，給妳蒸的這一鍋我還放了防腐劑，費了好多心……」

「你何大少爺呀！眞是無事忙，不可救藥！」我大喝一聲，呼地一下掛斷電話。可又一想，他還巴巴兒張羅著要給我寄呢，心裡又有幾分欣慰，咳，碰上這麼個大少爺，教我怎麼辦呢？

打京腔

北京人畢竟是北京人，離皇上近，比外地人要神氣許多。就憑那一口京腔打得蹦個兒脆，妳就得服個軟。家聲居美多年，可人家總還是京城裡生、京城裡小學畢了業，不說則已，一說那一口京片子就很夠味。我在北京教書時，系裡教師都是南蠻子，沒一個會打京腔，只有一位，咱們的王大娘可是個土生土長的北京人，可惜她是管文史樓一到四層樓梯、廁所的清潔工，委屈一口京腔少了用武之地。可一大早在樓梯碰見她，一聲：「小舟老師，您今個兒早呀！這是哪陣春風喚醒了您？這才八點半，您老就到啦?!」那一串京腔像冬天北京街頭的烤白薯，揣在懷裡一陣陣暖意，瞧，人家這用語遣句！都知道和北京人談情說愛有滋有味，不就是談，不就是說嗎？那北京人可是祖祖輩子傳下來的本事，北京的姑娘、小夥，在什刹海、北海、公園裡石欖上一坐，談得昏天黑地，用不著擔心有傷風化，北京人是君子動腦不動手，不像上海人在黃浦公園摟摟抱抱，別看沒聲音，那可是多少好事，盡在不言中，欲說還休，只把那風流勾當趕緊兒做。所以北京人談戀愛，可是名副其實，人家那可是眞正的談。

京腔說難也不難，有一個絕招，那就是把所有辭尾全加上一個兒字。小孩兒、老太太兒，兒字一加，便有個八九不離十了。還有一絕招那就是禮貌用語，所有你都免去，加上一個心，明白了吧——您。就這麼簡單。有了這個您，您就可以也打京腔了，罵人時也不能拿掉，如果您會說：「我宰了您，您這個龜孫子養的！」那您就可以領到打京腔的准許證書了。

不過以上兩招，只是形、還不是神，打京腔還得有神，娘娘腔是上海話的主調，北京人不用的，您要打京腔，先得學點中國歷史。這雖然費點兒事，可包管您的京腔打的質量比別人好。您學了中國古代史，知道北京可是元、明、清三朝古都，皇帝都賴著不肯走，說明這北京風水好不是？所以您打起京腔來，很自豪，您學了中國近代史，知道英法聯軍欺負咱中國人抽鴉片抽得虛了身子，一把火燒了圓明園，您就憂國憂民，京腔中就是揉合了這歷史複雜的情緒，有傲氣、有志氣，有責任感、有時代感，古來燕趙之間，多慷慨悲歌之士，京腔發源於斯，長成於斯，那一種民族、國家的沉重使命感，多多少少總有一點兒吧？所以，您要打京腔，先要學學古人，養您浩然之氣，不然，您底氣不足，京腔打得再蹦個兒脆，也是個冒牌兒貨呢！

這京腔還有一點，不知別人早已發現，還是我小舟的先知先覺，好像這京腔宜於七尺男兒，不宜蛾眉小女。您想，二八小女，衝人打起京腔，總好像有點不對勁似的，女人味都被那一腔英雄氣概趕跑了，因爲京腔豪邁有餘，溫柔不足，倒是那吳儂軟語讓人聽了渾身酥透，不過，要是想當穆桂英，或是早已嫁作某人之婦，且夫君已被太太管教得大氣不敢出，那操操京腔很合適的。京腔對於太太、老太太和現代社會的女強人，是有百益而無一害的。

京腔是流動的語言，它的變化之快，遠非其他方言所能比似。家聲新近回北京探親，發現他的京腔早落伍了，調是對的，神氣也差不離，可詞兒就顯得寡味了。比如，我教您的兩招，三年前還管用，如今可不夠用了。您知道「大」和「爺」的新用法嗎？沒這兩個詞的活用，您那京腔只能打給外行聽。百萬富翁這詞兒中國人都會說了，可京腔裡叫「大款」或「大腕」，也可以去掉大，加上一個爺，叫「款爺」、「腕爺」，小偷叫「佛爺」，倒騰買賣的叫「倒爺」，拉破板車的叫「板兒爺」，子也活用了，警察叫「雷子」，大概是指警察像地雷，踏上可就了不得的意思。幫警察忙的人叫「點子」，一看那個子，就知道取的是孫子、兒子之意，比別人小好幾輩的。

京腔不好打，可一打就會上癮。說明它有魅力。十多年前，我住在北京城南永定門外一個叫木樨園的窮街破巷裡，那兒的人家早先許多是在天橋一帶喫力氣活飯的，他們是眞正的老北京，一輩子沒出過北京城，說起天津來，好像遠在天邊似的，他們也看電影，可電影上的外國影片全是配音，一口京腔兒，只是有點洋風味，大概他們便以爲這金髮碧眼的洋鬼子也會說京腔吧？知我想到海外闖蕩，他們便很眞心地說：「小舟呀，別看您是大學的老師兒，您那京腔可實在不怎道地，您得趕緊學呀！」母親在一旁聽了笑道：「沒得時間囉！小舟要學英語呢！」一個老太太馬上說：「沒事，您哪！就甭操心啦！還費心去學啥英語，有了咱這北京話，還怕洋人不明白不成？聽說哪兒都有人打京腔呢！洋人想打還費老勁呢，他們那舌頭不轉彎，小舟總比他們強！」北京人的心中，京腔是最美的語言。會打京腔，在他們心目中，也是一種榮耀呢！

好久不聞那地地道道的京腔了，眞有點兒想念呢！京腔就要在北京那四合院去聽，在吉祥劇院的戲臺上去聽，在前門大碗茶的小攤上聽，您才能聽到打得最好的京腔。

聽戲

家聲一向不會說話，常常惹我生氣。比如，他和我相處有年，見我在洋人面前從來昂頭做人，脾氣不小。當年和他訂親，也有一日人表示願意娶我，此人比家聲闊，比家聲長得帥氣，出手又大方，第一天帶我去外邊喫飯，一下要了八個菜，還說，婚後您不必折騰賺錢，坐在家負責替我打計算機，發表的論文上也簽您小舟大名，出國旅行半年有一回，保證不打、不罵，晚上早早回家。學歷、資歷表遞到我面前，審查完後我又交還了他。心想，還是何家聲那傢伙好，知根知底，和我一樣本是龍的傳人。爲此家聲對我心存感激，他講，小舟，我就喜歡妳不嫌貧愛富，不崇洋媚外，日後妳死了，也在妳追悼會上掛上一面大旗，請名家寫上「民族魂」好不？好話不會好說，我當然願意受此殊榮，不過早早給我多好，幹嘛要等我死後呢！所以，家聲眞的常常讓我生氣呢！不過，要說這民族氣節、愛國情結，我小舟倒眞的很濃厚。女大教書數載，學生們提起夏先生，有時會說，就是那個大眼睛、大嘴巴，走路一陣風，剛從走廊東頭露個臉，一會就竄到西頭去的夏先生不是嗎？對付她呀有辦法，妳只管講中國菜好喫，中國人好看，中國的歌好聽，她就全給妳A。我是有這毛病，受了幾次嚴重警告也不願改。

電影「霸王別姬」獲了獎，在日本上映了，譯成日語叫「再見！我的愛」，我看了很生氣，如果請我去譯，我一定會譯得漂亮些。果然，就有人興冲冲地來找我解釋了。我從楚漢之爭講到垓下之戰，那人聽了雙眼一亮，說：「謝謝小舟，我馬上買票去看，原來是這麼回事，一定好看！大王和愛人沙優拉拉（日語再見譯音），那太太呢？太太早被劉大王打死了吧！唉，男人愛小妾呀！就不管太太死活，這電影有味道呢！」我一聽，這眞是秀才遇到兵，有理講不清，只暗中慶幸自己當年沒嫁那個半年讓我旅行一次的日本男人，不然，這麼好看的電影我看了找誰說感想呀！

日本看場電影好貴，小舟我從來都是不太敢光顧的，可這回，我就像這電影裡有我的鏡頭一樣，一下買了十幾張票，遍請好友，大家去看「霸王別姬」。看完電影，我又掏出錢包，把大家拖進咖啡店，非逼她們敍說感想。山本太太說：「小舟，這電影眞好！……」等了半天不見下文，我就急了，扯著嗓子叫：「好！妳講好有啥用！人家全世界電影湊一塊，就給了它一個獎，日本片子呢，連門都沒摸到呢！妳告訴我妳看了有什麼想法，對中國文化佩服不佩服？」山本太太不想讓我心裡笑她笨，連忙打起精神說：「京劇有意思，小舟，妳抽空教教我們好不？」其餘的人一聽，都活起來了，原來看了半天電影，她們只想到一點，想唱京劇。

京劇我能記詞兒，可不大會唱，家聲呢，正相反，會唱卻又不太記詞兒，所以我對朋友們說，等家聲夏天來日本時，我開一個京劇養成班專門教大家唱京劇。

北京人講聽戲，上劇場，不看臺子，閉著兩眼，去品戲裡的味兒。楞生生的新人跑到劇院來，不知臺上唱的是哪齣戲，小心賠個笑臉，輕輕問道：「老先生，臺上這是唱的哪齣劇呀？」老先生並不睜開眼，說：「您聽不懂，幹嘛來聽！瞎搗亂啦，您！」因爲來看戲的人，大多知道臺上在唱什麼，戲的內容，詞兒他比唱戲的人還熟呢！來聽戲，是來品那個味兒。所以，眞正聽戲的人對臺上發生的事並不大在乎。家聲六歲開蒙，成了一年級小學生，第一天上課，腰挺得直，眼瞪得大，老師高興，說：這孩子有樣，當個班長吧！何五爺很驕傲，就帶了家聲去前門聽京戲。那天演的是「文昭關」，說伍子胥發愁一夜白了頭的故事。小學生聽不懂，何五爺一進戲園子就跟掉了魂似的，早忘了身邊還有個家聲，只顧自己閉眼賞戲。家聲無趣，就瞪大眼看臺上的表演。挺大一個舞臺，中間放個桌子，桌子後坐著一個戴大鬍子的人伸著脖子唱。唱了一會兒，來了一個穿黑棉褲的人，右手提了個茶壺，懷裡夾個鬍子，左手拿把扇子，擋住那把茶壺。臺上慢慢騰騰地拉著過門，那個唱戲的停下來，把鬍子一把摘下接過黑棉褲遞過來的壺，咕嚕咕嚕地喝了幾口。順手把黑鬍子摘下了，換上一個花白的戴上，接著唱。後來那黑棉褲又來了一回，花白的鬍子換成了純白的，戲也就唱完了。大家一陣鼓掌叫好。白鬍子出來謝過大家，可沒見黑棉褲出來謝場，家聲很關心他的命運，就急著問何五爺，「那黑棉褲是幹什麼的，他幹嘛不出來聽大夥鼓掌呢？」何五爺說：「那黑棉褲是給唱戲的送水的，不是戲裡的人。」家聲又問：「那不是戲裡的人也能上臺麼？」何五爺說：「他上臺，大夥兒看不見。」「不對！我明明看見了。」何五爺說：「誰要你小猴兒似的不安份，來聽戲，帶耳朵來就够了，你睜著兩眼瞅個啥！」家聲不吭氣了。回家來，又替戴鬍子的人擔憂上了。「爺爺，那黑棉褲幹嘛只送水，不送炸醬麵？大鬍子餓了咋辦？」逗得全家人哈哈大笑。舊時舞臺沒幕布，也難爲唱戲的了，幹什麼沒個遮擋，戲文太長，又不好休息，家聲總愛跟我講老北京的事，講得我好笑極了。

何五爺交了好多唱京戲的朋友，自己家裡也有好些唱戲用的傢伙，腰刀、戲衣，常把唱京戲的名角請來家裡玩，有一次，家聲跟何五爺吊嗓子，名角說家聲有堂音，唱戲可以滿宮滿調，何五爺一下垮了臉，說：「我這小孫子可不能唱戲，您這是過獎了。」名角一聽刹地慘白了臉，從此和何五爺斷了幾十年的交情。名角說：「好五爺，鬧了半天，您這愛京戲是葉公好龍呀！都什麼時代了，您還瞧不上我們哪，告您，這家聲也蹦不到哪兒去！」家聲說到這，對我攤開手，「唉，我不過是混了個洋博士，給洋人當下手，眞不如當年學唱京戲，不定也是個聲震京華、名揚天下的名角呢！」誰知道呢？不過，我疑心家聲他唱不好戲，他愛忘詞兒，如今文明舞臺，又沒個黑棉褲送茶提詞兒，家聲笑了，說：「還是知我者，小舟也。」

我告家聲日本這邊等他教戲，他說：「有場子嗎？有拉京胡打鑼鼓的嗎？」好大的架子！我說：「何大少爺，您就放寬心吧！還有黑棉褲送茶、送炸醬麵呢！」

錯位之愛

屈指算算，靜唯去美恰好十年。她從上海趕到北京美國大使館簽證時，我正因懷孕反應吐得昏天黑地，蓬頭垢面硬從床上撐起，陪她去見掌握她生死攸關命運的簽證官。她在上海簽過不下六、七次，總講她有移民傾向，被打了回來。當年的靜唯正當妙齡，長得十分撩人，一口純正英語，又很動聽，她畢業於北京大學西語系碩士班。老美問她，學成之後，可還會回大陸？她快嘴快舌說：「還回什麼？」老美又問，在大陸她可有所牽掛？比如有什麼知心的男友之類的叫她牽腸掛肚？她頭一搖，又講傻話，「我無牽無掛，我愛的人不愛我，愛我的人我又偏不愛他，所以我是無牽無掛。」那老美一聽，叫她一邊去，拋下一句移民傾向讓靜唯遺憾了一兩年。她從中悟出道理，重振旗鼓，先是胡亂快捷地嫁了人，後是跑來北京換換地點，果然一炮打響，順利去了美國。簽證一到手離了婚，我母親不曉其中奧祕，苦勸了好久。見兩人歡天喜地，直嚷著要去紅房子西餐廳請客，才知是假結婚。我母親好氣，從此不讓我和靜唯來往，怕她帶壞我，我又帶壞夏家一大群姐妹。

靜唯的母親和我母親是伯叔姐妹，她母親的家族歷史複雜而又有幾分蹊蹺。據說，清末年間，蘇州城裡有一韓姓屠戶，開了一家肉鋪，生意並不太好。一日屠戶忽然感覺腳下天天踏著的地上有些異樣，用腳一踏，竟發出些空空洞洞的沉悶迴聲，便瞞了眾人，偷偷掘地三尺，果然掘出了一大陶罐的金子。屠戶目不識丁，又從事屠宰，被人瞧不起，他就決定用這筆錢送四個兒子留洋讀書，當時江浙一帶很時興出洋留學。兩個兒子去了德國，兩個兒子去了日本。去德國的學文，去日本的習武，好多年過去，兩個去德國的兒子杳無音訊，從此不知下落。兩個去日本的卻成了氣候，一個留在日本娶日本妻子，在日本繁衍了一代又一代，血統中華人的成份愈來愈少。另一個回了大陸，當了不小的官，是一個有錢有勢的人家。靜唯的父母都是很老實的教書匠，他倆是當年燕京大學的同學，學西洋文學。靜唯上面還有一個哥哥，死於腦炎，靜唯從小就成了父母的掌上明珠。可好景不常，文化革命中，她母親自殺，父親又娶了人，後母對靜唯不好，嫌靜唯太聰明，太有主意。於是靜唯就常在我家混，反正我家姐妹多，熱鬧得很。我母親待她比待自己生的還好。我們姐妹上學，一律一個月二元零花錢，靜唯卻能領到二元三角。靜唯腦子真好得嚇人，我的數學、物理作業她都包了，我三妹比我還笨，常常一道題做上一天還不見有結果，靜唯就把她的也一塊包了。所以我們姐妹輪流值日做飯、掃除，靜唯不用做，她幹的是腦力勞動，專門負責給大家做習題，當然不能讓我母親發覺。

靜唯去美國，那才叫單槍匹馬打天下呢，從加州到德州，她換了好幾所學校，在哪都拿高額獎學金。別人拖個五、六年等不上學位，她幾年拿了兩個學位，畢業後又順利找到工作，在大學教比較哲學。只是有一點，愛情上始終不順利，用她的話來講，命中沒有莫強求，她八字裡什麼也不缺，只有兩樣，一是少年失恃，小小年紀沒了母親；二是沒有一個貼心的丈夫。

靜唯是個果斷而心硬的女孩，她在我家時，有一次我父親殺雞，我說過，我父親在夏家這女兒國住久了，一點也不像個男人，他手哆哆嗦嗦，把雞脖子割得要斷不斷，嚇得我們要死去，只見那受傷的雞從廚房撲騰到院子裡，鮮血淋淋。我母親直叫嚷，要五妹取繃帶、紫藥水來，把這雞救下放生算了。靜唯一聲不吭，把雞抓回廚房，一刀就安靜了。晚上，母親特地給靜唯分了一隻雞腿，五妹也想吃，又不好意思講出來，就只講：「靜唯心好狠，我見她當時一臉猙獰！」因用詞不當，五妹被母親一頓好訓。

靜唯起初並不知道她能否在美國留下。所以就物色找一個老美結婚留下來。當時，她愛上了大陸來的一個男生，這男生也很愛她。靜唯長得小巧玲瓏，淸麗可人。兩隻眼睛又大又黑，深幽幽地透出一股靈氣，她的皮膚白皙光滑，是一個美人胎子。她對那大陸男生講，讓他等她五年，等她解決了美國公民權，再來找他，那男生一聽，氣得直罵靜唯是妖精，白白被妖精纏了這麼久。靜唯笑笑，說，男人有時也會愛上妖精的。

靜唯嫁了老美之後，給我來了一封信，我讀了那信，立即奔去找了日本一個挺有名的性專家。我這個人雖說也為人妻、為人母，可對男女之事並不懂多少，讀了這信，急得我要命，顧不得害羞，只想快快討了良方，好去解救靜唯。

靜唯說，這老美是她挑上的，有教養，有好職位，是一個白領階層的人，比不得靜唯有博士學位，可也是名牌大學名牌科系出身。人也漂亮，好高大的個子，靜唯只到他腰間，問題就出在這，這靜唯嬌美、婀娜、細腰如束，典型的東方女子，也許家族中還混雜了一些日本血統，靜唯她比一般的中國女孩還要單薄得多。婚後，里森（她的丈夫叫里森）和她很是恩愛，夫唱妻隨，無論語言、文化背景、飲食習慣，靜唯都和里森十分和諧，只有一點，夫妻性生活有大問題，靜唯她是含著淚給我寫這信的。里森性器巨大，靜唯每次疼得死去活來，有一次血管破裂，送到醫院急救。從此，靜唯一見里森就嚇得打抖。里森原是溫柔男人，從此不敢碰她。拖了半年，靜唯見里森好寂寞、好可憐，就跑去找醫生，求他幫助，這老美庸醫從未見過這種事情，就對靜唯說，你只管忍住，習慣成自然，天下那有嫌丈夫性器大的女人？靜唯也覺有理，夜裡跑進里森寢室，不料就在里森準備進入她的一刻間，她抱住頭，渾身顫抖，哭成淚人兒，把里森手臂上用手指拽下好幾條血痕，里森痛苦不堪，對靜唯說：「唯，我們只好分開，妳這個樣子我們維持下去彼此實在太痛苦。」靜唯一是很愛里森，二是她怕大學位置只簽了三年合同，萬一合同期滿，找不到新教職，便要回大陸，騰地一下就給里森跪下了。靜唯說，里森你找妓女，你交女友，你翻了天覆了地我也由著你，只是求你不要離婚，離了我拿不到國籍，我就會被趕回大陸！我會沒有家，沒有錢！里森一聽，想不到靜唯內心深處還謀他的國籍。里森從小生長在美國，單純得像個大孩子，見靜唯那副樣子，嚇得說不出話來，過了好久才說，靜唯，妳是一朶罪惡之花呀！里森沒提離婚，可第二天就從家裡搬了出去。我找日本醫生如此一說，這醫生就講是否讓靜唯做做手術？我不放心，又找了幾家婦產醫院詢問，也讀了好些書籍，折騰了一個多月，想接靜唯來日本，不料靜唯講，都不必了，里森他對女人好失望，成了同性戀了。是我害了他，我是個罪惡深重的女人呀！後來，她與里森離婚，已是幾年以後，靜唯有了她夢寐以求的美國國籍，卻失去了愛情。

後來，她又與一個美籍日僑同居，可來信中卻很少提起這日本人，只講自己如何寂寞，又如何苦悶，想起人生眞沒意思，只有母親去世後她在我家住的那些年她心上沒有陰影。她要我向我母親問好，也託我轉寄錢給我大陸的父母，「姨媽心目中，我是一個壞孩子，也許是吧！我也懶得申辯。」我接了信，心裡挺不好受，靜唯在我的心裡，永遠是我的可愛的三妹（她來我家後，母親根據她的出生年月，把她排行爲老三），一個大陸人，要找一個美好的夢要比許多人困難許多，靜唯她也許不擇手段，可她也是出於無奈，在她的命運背後，時代的因素早就規定下太多，靜唯她努力過，這就够了，我只想有機會見到她時，春風已拂走她臉上積澱的苦痛、汚玷，是一個鮮亮聖潔的唯。

夢裡有隻小小船

我是一個泛神主義者，看見菩薩就唸佛，聽見某方道士羽化登仙，狗兒、雞兒也隨了去，就很想討了那藥方，也一併跟了去。不過，我最基本的信仰大概要算基督教，更明確地說，我是一個基督教徒。唸《聖經》，中文版、英文版、日文版，床頭各供有一册。周日去教堂，唱起讚美歌來天塌下來也依然會唱，當然，天沒有塌下來過。只是某年某月，某個時辰，在北京某一昏暗破落的教堂，我唱得正來勁時，只見圍觀者中有一面孔十分熟悉，我用心辨認，發現是我教過的學生，我一驚詑，口就張成了半圓形，忘卻了我的上帝，腦子裡翻騰著的是：大事不好！他要是個猶大，把我出賣了怎麼得了?!是逃走，還是哄他、討好他，或是威脅他，下次考試，送他個大鴨蛋？我沒了主意。慌亂中，一曲終了，他悄然靠近我，說：「夏老師，怪不得大家都說您心眼特別好，原來您愛上帝，我也愛上帝……。」這一下，我的口便張成了O型，久久收不攏來。上帝喲，小舟我凡心一點，迷途羔羊。不過，在大陸，信基督教的還眞是鳳毛麟角呢，很要有些膽量和造反精神的。而這兩點，恰好是我最最缺少的。我家五妹常罵我芝麻膽，夜裡走黑道，就忘記手足之情，把她往前推，想是鬼來了先抓她大嚼，嚼累了自然就懶得找我之故。我也不想造反，造反要坐牢，弄不好還要殺頭，所以我不造反。可這信基督，的確是我一生中很勇敢的決定。

我上大學二年級的時候，是個靦腆的小女生。雖說C大學如今早已是愛的樂園，大白天男生女生手拉手、肩並肩，團結得像一塊鋼，沒有金剛鑽，別想分開她（他）們。可我上學那陣，活像一座修道院。每個班級都配有一個專職政治工作指導員，指導員手下又有一幫班幹部，個個都是偵察高手，一發現有男女情事，那可是三天不喫飯、不睡覺也要鬧個水落石出，不獲全勝，絕不收兵的。我本不是個多情種子，又在如此黑色恐怖之中，所以便本本份份，認眞讀書。不意有一天，我突然發現自己肚子鼓脹脹的，活像一個充了氣的小皮球，我不在意，只把皮帶鬆了兩個扣眼。可這小皮球一天天長大，變成了中皮球、大皮球。女生們一塊洗澡，都不約而同地把目光集中在皮球上，又連忙別過臉去，假裝對這皮球沒有興趣。再後來，我便扣不上皮帶，臉色黃黃的，瘦得只剩下皮球在那兒威風。女生中沒有一個班幹部，因爲指導員本身就是女同胞，她堅定地信奉同性相斥的眞理，所以我這皮球的成長過程儘管八位女生看得清清楚楚，但她們只當內部新聞。可終於有一天，女生們忍不住，開口了。「小舟妳肚子怎麼那麼大？一定有好多蛔蟲呢！」張三說。「小舟，妳的男朋友啥模樣，領來讓我們瞧瞧好不？」李四又說。我手捧皮球，哇地一聲哭開了，我這一哭，她們就慌了。「我沒有做壞事，我沒有交男朋友，我天天和大家在一塊……。」我這一申辯，她們便很信，因爲八個女生幾乎形影不離，大家彼此很了解。當時，我們是清一色的小姑居處本無郎。一個女生很神祕地貼著我的肚子聽了好半天，說，「妳和男生拉過手嗎？妳從他們曬的褲子下穿過嗎？我總是躲得遠遠的。小舟妳這點不太注意，我記得妳有一次不小心把他們曬的衣服弄到地上，還向男生道歉呢？對不對？」我痛苦地點點頭承認。大家七問八問，就是沒有一個人想到我是患了病，而且是腫瘤。直到有一次上體育課時，我突然昏倒在地上，被學校派小車送到醫院急救，醫生診斷我當時是腹部腫瘤蒂扭轉迸發破裂出血。

腫瘤是肯定了，可是醫生並沒有敢給我做手術，他們懷疑是癌，因爲腫瘤生長迅速，兼有腹水，我又全身消瘦，幾次照愛克斯光，醫生都認定是惡性的。我父母從南方趕來，母親哭成了淚人兒。指導員怪八個女生是一幫糊塗蟲，夏小舟肚子那麼大了還不向她匯報，女生們不吭聲，心想怕妳把小舟批鬥、開除呢！指導員又抱怨我不早點就醫，我心想我哪敢開口呀！上校醫院看病要向妳請病假，要講發燒多少度，咳嗽多少回，大醫院看病要有校醫院的轉院單。

我在醫院住了五個多月，控制出血，增強體力，當時醫生一直認定我是癌，所以跟我父母相商，認爲我是晚期，已出現腹水，手術會擴大病灶，引起感染和促進癌細胞轉移，所以應該先用抗癌藥物縮小癌腫，實行保守療法。母親堅持要開腹探查，取樣活檢，沒有確切的病理切片診斷，不能先給我施用抗癌藥物。並把所有眞實情況告我，不主張對病人隱瞞病情。父母跟我講了醫院的方策和他們自己的意見，我一生軟弱，很少堅持自己意見的父親那時變得十分理智和堅定，他每天閱讀大量的有關書籍，我就醫的那所醫院是醫學院的教學醫院，醫學院的圖書館所有有關的書父親都閱讀過，而且抄下幾百張卡片。他把我的病歷寄往大陸最好的醫院、最有名的醫生，懇請他們寄來意見，我的父親是很淸高自尊的人，他的一生無權、無勢、無錢，卻又不輕易求助於他人，可是爲了女兒的病，他居然常把「求求您了」掛在嘴邊，求所有的人來救救他們的女兒，那一陣父親突然花白了頭髮，母親的背彎下去了。

終於醫院同意給我手術，可當時大陸正和越南打仗，醫院血庫的血全都運到前線，我的手術因沒有血漿而一拖再拖。父母當時都是早過了半百的老人了，可是他們找到醫院，堅持要求早日給我手術，他們可爲女兒獻血，我的大學同學們也趕來了。手術那天，醫生從我的腹部掏出一大堆病物，剪下一塊朝病理室飛奔，我就這麼躺在手術檯上等待，如果是良性，手術就只限於摘除腫瘤，如果是惡性，那就要廣泛切除周圍所有相連組織成分。手術前一夜，父母就跟我講了好多，告訴我，如果是惡性，他們就帶我離開這個陌生的城市，回到我從小生長的青山綠水之間，在那兒接受治療。如果，是良性，那就會很快恢復，回到我的大學。「小舟，我相信是良性，上帝不會遺棄妳！」父親忽然對我這樣講。我突地一下，淚水嘩嘩地流了出來，那一陣，我忍住不在父母面前哭，可當時聽到這句話，我卻再也控制不住了，刹那間，領悟到父親對我無限的愛。父親早年信基督，可在大陸那種情形下，他從不把他的信仰在女兒們面前講，他的上帝在他心中。我們這些從小在大陸長大的女兒們，還曾嘲笑過父親的上帝，小時候，父親一次教訓四妹，四妹等父親轉過身，就對我們扮鬼臉，手劃十字，口裡唸道「阿門！」父親敲她的頭，她就亂叫，「阿門，上帝救我！」我終於和父親的上帝有了刻骨銘心的相遇。「爸，我要能活下去，我就信仰上帝。」母親不是基督徒，她是一個很獨立的女人，可當時她一個勁地朝我點頭，認可我的上帝。

果然，上帝在助我，我的病理切片幾次檢查都證明是良性。我活在這世界上，是上帝的恩賜。

我就是這樣，成了一個基督徒。夢裡有隻小小的船，有了這隻船，我就不會沉沒，生命的方舟，是永恒的！

七月流火

今年暑假，我是八方受邀，受寵若驚。大學時代一位女友，早些年跑到美國，嫁了一個老美不說，忽而心血來潮，枕邊話的主題居然是我，她不說我也知道她添油加醋，放了不少佐料，那美國丈夫聽得來勁，便突發奇想，要寫一部小說講講奇女子夏小舟。妻子到底是我們的同胞，知道這書寫了一定沒人會要，要了也是堆在角落裡討人嫌。可老美不懂這，非邀我赴美面議大事不可。我知道一去就會原形畢露，害得人家夫妻不合，萬一老美認起眞來，責怪妻子好沒眼力，豈不糟糕？所以我就裝出好忙的樣子，表示不能成行。北海道的松崎太太，又邀我去那避暑，說是札幌的拉麵如何如何好，講得我坐臥不寧，差一點就去訂飛機票了，一問價錢，比到夏威夷還貴，我心想有這錢，我天天吃法國大菜也夠了，何必大老遠地跑到北海道去喝那清湯寡水的拉麵？大陸幾位老朋友又力邀我回去看看，說是連魏京生都放了出來，妳夏小舟還怕個啥嘛？來去自由，妳口袋裡肯定有不少日元、美鈔，我們都想好了，大家在全聚德烤鴨店訂幾桌，讓妳風光風光，如今收日圓很時髦、很划算。我一聽忙瞅一眼錢包，日本物價奇貴，我賺得少，開銷大，可憐巴巴的幾個錢回一趟大陸還不抖落個精光？瞧他們那吃大戶的樣子好嚇人！我小舟不會上鉤，所以大陸之行也取消了。思來想去，還是去新加坡看望小妹。一個電話打過去，小妹知我要來，激動得扔下電話就要去買荔枝，被她丈夫一頓好罵，說：「來了再買也不遲，買早了會壞，只有妳們夏家的人，個個腦子一鍋漿糊。」小妹見他涉及範圍太廣，夏家的人老老少少幾十口人，聰明人也不少，所以不服氣，兩人大吵一通，此是後話。

小妹在日本住的年頭很長，幾乎超過她在大陸的日子。我家小妹小時候，正碰上大陸文化大革命，從小學就沒正經唸什麼書。所以小妹的中文很糟糕。在日本時，我倆一吵架，我的詞彙好豐富，中文裡的挖苦詞要多少有多少罵得痛快淋漓，她氣得要命也只會講一句：巴嘎（日語笨蛋之意），再升級也只有巴嘎也巴西（日語大笨蛋之意）。所以她不敢和我吵架，就學了日本人那一套，背地裡搞鬼。有時偷偷地在我的鞋子裡放一塊小石頭，見我被扎得大叫，她又是高興，又是心疼，說：「放沙子就好了，沙子不扎腳，可會讓人不好受，還得去洗襪子！」我一聽就知道是她幹的，立即揪住她不放，她好奇怪，說：「妳怎麼知道是我？我沒放。」我得意極了，說：「此地無銀三百兩，妳不打自招！中國人自古以來就會破案，用的就是心理分析加上語言分析法。」她只好承認。

小妹很懶，最最討厭唸書，可偏偏和我一樣，被父母逼得唸了幾十年書。我倆曾同一大學，同一學部，同是博士課程，所以我就常常爲親者諱，早晨在學校碰見她的教授，正想逃走，教授已正面迎來，「姐君好努力！這麼早就來唸書，日後大有可爲！妳教授招了個好學生呢！妹君也在用功？」教授成了偵探，努力想從我這捕捉小妹表現。我立即反唇相譏：「您也招了個好學生呢！小妹每早晨讀，太陽還沒升起。又愛夜裡用功，弄得我常失眠。」我做出滿腔痛苦狀，教授滿意而去。等我上完幾節課回去，小妹還在呼呼大睡，我氣得掀開被子，把她拖起，如此表功一番，要她請我吃燒雞。她聽罷瞌睡全嚇走了，我以爲是害怕教授還要調查虛實，不意她手拍床板，氣急敗壞，「二姐，妳這日語眞是巴嘎，妳告訴他的是：『小妹每早讀書，太陽已經升起；雖想夜裡用功，又因瞌睡而不能也。』妳才是不打自招呢！」我不服氣，忙翻字典，果然錯了。討功不成，反倒賠了她一盒巧克力才算了事。

小妹畢業，進了一家小公司。第一天就被封了個七品芝麻官，課長。打印了名片，寄給大陸的父母。母親只怪太少，分不過來，恨不得全城人人都持有這麼一張夏小青課長名片。只有我知道底細，那公司一共只有五個人，一個老社長，一個小社長父子倆，外加一個老祕書，一個小祕書，兩個女人大概分別是老小社長的情婦，小妹雖說愛睡懶覺，但好歹唸了博士，於是大有懷才不遇之感，認爲日本社會不容咱們中國人發展。我見本來快樂無憂的小妹居然有了民族義憤，就支持她離開日本，到中國人的世界去。畢竟在日本住了好多年，小妹她走時好傷心，生平第一次連續失眠，夜裡爬起來和我一同到海邊去，說，聽慣了日本海濤聲，自以爲是半個日本人，吃慣了日本生魚片，喝慣了日本的八女綠茶，講慣了日本話，一下要走，又難捨難分。我便安慰她，要她下狠心去尋找屬於自己的世界，在日本我們沒有根呀！

小妹去了幾年，在大學當講師，從此成了一個勤奮的好老師，生了一個胖兒子，在新加坡安營扎寨，有了一個挺好的家。她好幾次邀我去，我都未能成行。我父母不放心，讓我設法看看小妹，是否依然糊塗？是否依然早晨叫不起床？是否說不好英文和中文？是否被丈夫欺負？小妹她是很簡單、很和善的女人，生個這樣的女兒，是讓父母操心呢！她在日本時，連我這麼笨的人都可以占她的便宜，比如，我有時偸偸抹她的口紅，她發現我的嘴唇顏色和她一樣，她就會氣得不得了，可妳要是偸走她整整一隻口紅，然後大模大樣的放在自己的化妝箱裡，她會想，小舟這傢伙也買了一隻和我一樣的口紅呢！至於她那隻不見了的口紅，妳只要講一定是她自己弄不見了，她就會信。我家小妹的思維就這麼簡單，所以我也不放心，七月流火，居然跑到熱土新加坡去了。

一下飛機，就看見小妹、她丈夫，還有她的胖兒子，小國大。小妹在日本以漂亮而聞名大學，當年追求者好多，幾年不見，成了一個普普通通的少婦，眞是新條日何抽，落花紛已萎，我眼前一陣昏眩，淚水也就湧了出來。

「二姐，我買了荔枝用冰鎭著，日本吃不到的。晚上已訂好茶座，是正宗的中華料理呢！」小妹的日語依然好聽，我的心寬慰起來。

夜裡，和小妹同睡一張床，講不完的話，訴不够的親情，妹妹問我當年的教授可好，她爲先生買了最高級的領帶，讓他繫上領帶好驕傲地在教授會上露露臉。她又羞愧地問起她當年那幫趕前趕後的追求者可好，我告訴她男人都沒好東西，山本次郎君已做了父親，其他幾位下落不明，估計也都爲人夫、爲人父了。小妹有些傷心。又說起春天，老社長來新加坡玩，見到小妹，說若小妹不離開日本，已提升部長，也早已擁有日本永居權。小妹回答說，這一切都不想了。在新加坡華人多，同祖同宗，活得不像日本那麼累，那麼辛苦。加上夏家姐妹都好吃，新加坡好吃東西多，一天到晚吃不厭，自己骨子裡是中國人，魚兒歸水，葉落歸根，還是和自己同祖同宗的人一塊好。

我聽了很放心，誇小妹有些哲學家的思維，士別三日，當刮目相看，小妹羞羞地笑了，一如她的少女時代，那種甜甜的笑。

七月流火，我在熱土新加坡住了整整二十天，才極不情願地回到日本來。親愛的小妹，願妳永遠平靜、幸福，在自己同文同種的世界裡，找到一個完整的自我。

走向輝煌

我原以爲我這一生當不了母親，當年那場大病，那場從早上持繼到下午的手術，據說會使我和孩子無緣。還記得主刀的醫生對母親說：「我替小舟千方百計地保留了部分皮質，有記載，一位英國婦女就靠這麼僅存的一點兒皮質生了四個胖小子呢！」母親一聽反而洩了氣，說：「那是英國人，胳臂有小舟的腿粗，小舟豆角一根，怕是創不了奇蹟。」那時，父親送了本泰戈爾的短篇小說給我做生日禮物，英文原版的。父親不主張我唸簡寫過的英文小說，他說，妳都大學二年級了，還不肯唸原版書，唸簡寫本會唸得妳一輩子學不好英文。母親說：「哎喲，都什麼時候了，還討論這個；小舟呀！妳別傷心呀！將來萬一沒有孩子，姊妹們的妳選好的要，再不就領養一個孤兒，也是積善積德。」我一聽急紅了臉，假裝沒聽見，用泰戈爾短篇小說封面上的泰戈爾畫像把我的臉掩住，偷偷從泰戈爾的大鬍子下觀察母親的臉，只見母親兩眼紅紅的，我的淚水也一滴一滴順著泰戈爾的大鬍子潸然淌下……我是很喜歡小孩子的呢！

醫院裡有一位實習的醫生，他常找我來借泰戈爾小說，可他只站在我的床頭匆匆翻看，並不把泰戈爾帶了走。母親說：「你拿走好了，小舟正病著，你先看。」他好像沒聽見，每天都抽一點兒時間來我床頭找泰戈爾。同室的病友就對我母親說：「老太太，您別讓李醫生把那大鬍子的書借走，人家是來找小舟的，誰喜歡那老頭子的書，還是洋文！」母親是個晚婚提倡者，她認爲女孩子先要唸好書，能夠自立了，再交男朋友。所以，當李醫生又來找泰戈爾時，她就硬把這書塞在他手上說：「這書借給你兩個月，小舟她爸又給她買了《傲慢與偏見》，要看也借給你。」李醫生好像明白了母親的心事，說：「我最討厭傲慢與偏見。」後來，李醫生還書來，我已返回了大學，母親和父親也回南方了。他在我寢室坐了好一會，問我刀口疼不疼？高燒退了沒有？學校伙食好不好？他當時是醫學院的五年級學生，一個成熟的大男孩。我有點不好意思，想到手術時，我坦露無遺，一身白衣，一幅大口罩使他當時在我心目中有一種不同凡人的神聖，如今身裝便裝的他，和其他令我害怕的天下男孩一樣了，所以我很窘迫地只管選擇最短捷的辭令回答他，說，刀口不疼，伙食一般，也不發燒。他很認眞地聽，說：小舟，我在書裡寫了一點兒讀書心得，等我走了你再看。送他走後，我就把這事忘了。那一陣，我開始唸美國現代小說，不太喜歡父親指定的書了。直到我畢業後才發現他當年夾在書中的信，他說：「小舟，我參與了妳的整個治療和手術，妳也許做不了母親，可我依然喜歡妳，妳是一個好女孩。我將畢業回上海工作，若妳願意交往，請按以下的地址給我回信，如果不願意，就把它扔掉。」我願意還是不願意？連我自己也不知道，字條都已經發黃，也許當年我及時讀到這張條子，我會有一個比較完美的婚姻，也許會受更多的苦難，誰知道呢？不過一個知道對方失去了女人最珍貴的東西卻依然敢去、願意去愛的男人，他的精神世界是很高尚的，我爲此永遠在心間記憶著他。

和天明結合時，他當然知道我的手術，可他本來就不愛孩子。婚後不到一年我就有了小夏，第一次去醫院檢查，醫生查閱了當年的病歷，比我本人還吃驚，立即給我來了個特別監護，六個月不到就把我接進婦產科住院。大陸病院床位很緊缺，別人要生了還不讓住進來，我倒好，天天看著大家生兒育女，喝雞湯，分紅雞蛋，送往迎來，所有生產細節了解得不知有多詳盡，成功經驗，失敗的教訓，爛熟於胸，只等時辰一到，就好施展。不料，醫院來了個胎兒珍貴，實行剖腹產，英雄無用武之地，我只好乖乖服從。手術也是最強人馬，把我前呼後擁，押上手術臺，剖腹一看，醫生就要我要注意計畫生育，說我當年手術切除的部分生命力旺盛，已經和常人無所差異。女人啊！什麼奇蹟都可以創造出來。我給當年主刀的醫生打了電報，她說：「小舟，好樣的！要不是如今只准生一個，妳一定可以超過那英國母親！」

我抱著小夏走出醫院，像捧著一輪光芒四射的太陽，兒子喲，母親千辛萬苦的盼到了你，有幸爲母，幸而爲母，女人的生命直到這一刻才極致輝煌。

小夏生於夏天，我父親替他起名爲仲夏，仲夏夜之夢，這孩子本是我心中追逐已久的夢，而今他是一個實實在在的小傢伙，乖乖地躺在我的懷裡，他張著小嘴，起勁地吸啜著母親的乳汁，這乳汁，傾注著母親無盡的愛，流進他的人生。

女人，從她自我的生命中分離出另一個生命，女人是創造之母、生命之母，女人，從她成爲母親的那一刻起，她就走向輝煌，璀璨繽紛，無限美麗！

愚人趣事

我與天明分手後的第三個年頭，深更半夜接到表妹一個電話，原來是給我介紹了一個男朋友。我這邊一連串呵欠送過去，只想扔掉電話，鑽進被窩好睡，只聽表妹一聲大喝：「這國際電話一刻千金，我是受人之託……」我一聽有些好奇，就問：「受誰之託？」表妹說話本來就快，加上爲了省幾個電話費，更是如連珠炮般。放下電話，我細細整理一番，這才明白，表妹在美國探親，遇見我的幾位老同學，講起我的許多笑話，一男士聽罷，自告奮勇地說，小舟不笨，尙可改造，她是被學文科的父親教傻了。若是我和小舟一塊，包她從此聰明……表妹見此人身材高大，氣勢不凡，一問又是名門大學博士，還是個王老五，便滿口答應把我交給他改造。

我們通了大半年信，也打了大半年貴得嚇人的國際電話，博士對我教誨並不多，倒是我常爲他改病句，比如他來信中有「我迫不及待地盼望見到妳。」我就笑他怎麼好用迫不及待，他自愧形慚，早把改造的任務忘得乾乾淨淨。

終於他有了一個長長的假期，便飛到日本來，我興沖沖地去機場迎接他。雖說他的相片我見過好多，可是他的臉是屬於那種讓人看多少次也記不住的臉，我在人群中亂竄，認錯了好幾個人，浪費了許多表情，末了才發覺他早已把我死死盯住，「你是有些笨。」他說：「我就看你往哪兒鑽，你居然跑到三號門去了，那兒不是國內航班的出口嗎？」「咦，你怎麼會知道？」「你不認識字呀？寫著嘛！」他的神情嚴肅起來，大概想起改造之事了。我立即矮了三分，可一看他那一身穿束，我就有了攻擊他的口實了。「這兒是日本，日本男人一般在外面都穿西裝，內衣的領子雪白雪白，你的外套太隨便，襯衣也舊了一點。」我想羞他。「好！隨鄉入俗，你先幫我買兩件襯衣，一件白色短袖，一件淺藍長袖。」他說。「行，我就去高島屋買，那兒是一流的。哦，對了，長袖什麼尺寸？」我急急地問，我這一輩子弄不清楚自己是穿什麼尺寸，我總是試穿一下，合適就買，今天多了個心眼，居然知道問尺寸。「買十六號的吧！」他說，提起箱子就要走，我一把拽住他，又問：「那短袖的呢？買多少號呀？」他剛想回答，突然想起了什麼，他猛地把箱子朝地上一放，也不管旁邊人流如潮，一下把我拖了過去，憐恨交加：「小舟呀！小舟，我是任重而遠路呵！你是太笨了；有你這麼笨的女人嗎？長袖、短袖尺寸還不是一樣的？將來和你結婚不被你氣死才怪呢！」我腦子轉了半天，終於也想過來了，笑得直不起腰來，卻不願服輸，指著他的鼻子說：「你不笨，是任重而道遠。你自己想想，錯了沒有？」他一遲疑，也笑了，用手拍著大腦袋說：「我出來十多年，中文忘得差不多了，不過，小舟你別得意，聽我說句心裡話，你要不是還記得這些，我眞懷疑你是一個上帝忘了給你裝大腦的女人了。」

博士在日本「相親」期間，見我炒菜忘記放鹽，切肉反切著手，洗過的碗比沒洗的還髒，出門就迷路，不化妝是個黃臉婆，化了妝就像唱京劇的大花臉，付錢給人把一萬當一千，數別人遞過來的錢又把一千當一萬，實在忍無可忍，偷偷給航空公司打電話，想提前返美，只說自己能力不够，法力有限，改造不了我。朋友們聽了便知道我無可救藥，因爲博士是學運籌數學的，大到國家管理，小到家庭秩序，無所不能，卻對我束手無策，可見世間最最討嫌的是人，尤其是像我這樣的愚人。

博士說走就走，我無錢買重禮，便將自己這些年來胡亂寫下發表的東西送他，不料博士讀畢，大爲感慨，說了句話，嚇得我魂飛魄散，「小舟，要是科學發達可以讓時光倒流，我一定也去學文科！你想，像你這麼笨的女人都能寫，我好歹是個男人，腦子也比你好一些，要是我來寫，會比你成功……。」

「是呵，要是你從小就被人強迫學我學的這些，也許你不會嫌我笨……。」我也感觸起來。

惺惺惜惺惺，我們的心相通了好多。朋友們聽說了，都說，博士沒把我改造，我倒把他改造成和我一樣的愚人了。小舟如今依然不辨南北東西，不知三角、幾何、代數，常常連買菜的小錢也會算錯，可活得自由自在。倒是博士庸人自擾，開始對文學有了興趣，只恨覺悟太晚，時常如三歲小兒，重新起步，偸偸窗前誦唐詩……

博士回到美國，訂了三份中文報紙，又去唐人街買了一大堆中文書，日夜苦讀，想與我一爭短長。他的大作三天便有一篇，源源不斷地寄到日本來，然後便伸長脖子盼我的讀後感。我說好他不信，因爲他偸偸投稿，保管不出五天便會又回到他的郵箱裡。我說不好他更不信，因爲他疑心我打擊他的文學積極性，想躲懶。他先寫小說，後攻散文，再而做起了詩人夢。最得意的詩作任是誰也不懂，一張白紙上只有一行字，又，又，又，又！又得我好糊塗！他解釋說，又字包含世界一切哲理，天地有邊，人生有頭，青春不再，所以一個又字便使人感到天地無邊，人生無限，青春一去又歸來。他聲稱要自費出版創作集，嚇得我生怕他把錢白白扔進水裡，將來嫁他喝西北風。可文學夢他總做不醒，我便報告母親，問她可有良方把博士從文學陷阱中救起。母親不慌不忙，一副胸有成竹的樣子。她對博士說：「小舟和你一樣，辛辛苦苦唸了個博士學位，你如今是部門主管，小舟連個正式職業都找不到！你是聰明人，這理還弄不清呀！」博士不想和我一樣落魄，便漸漸地將那從文之心收住了。

博士的公司要招一個雇員，他便替我報了名，說我是個國際人材，會幾門外語，又有博士方帽，身高體重符合眼下流行的苗條型，正好穿梭往來美日之間，定會把日本人的錢通通勾出來，塞進美國老板腰包裡。公司人事處的某女士把我履歷書一掃，又與我在越洋電話中一陣寒暄，我的英文對付這一套綽綽有餘，女士大爲滿意，讓我靜候佳音。

我也是個好強的女人，當年風風光光地取到日本文學博士學位，誰不誇我小舟有本事！可幾年待業，口袋裡沉甸甸地都是噹噹作響的、中看不中用的硬幣，從此知道窮得叮噹響是好形象生動的文學語言。四處謀職碰壁，如今好事逼近，怎不讓我心花怒放！

不料對方還要考試，考商業常識！先問我日圓走向，美元匯率，買進拋出，期貨大豆是漲還是降，德國債券是喫進還是吐出，黃金、白銀、公用股，活躍股……我的腦袋一陣陣發緊，糟了，還有算術題呢！問密州電力八七年每股二十一美元，八八年二十五美元，九一年六十美元，平均增值是多少？我說漲錢了唄！那考官一樂，說，是呀！是漲錢，漲的幅度多大？我張開的口又閉上了，只聽博士（他來陪考）興沖沖地說：「漲了二三・三六%。」「咦！你爲什麼搶答，又沒問你！」我有些生氣，博士忙說：「我怕妳算不出呢！妳連三加六都弄錯，怎不叫我擔心呢！」考官笑得彎了腰，我氣得直打博士：「你呀！真笨！把我的老底翻出來，人家不要我了，你養我一輩子?」

博士直點頭，說：「小舟，咱們不考了，我養妳一輩子!」

他和我，原來都是愚人呢!

西瓜憶，最憶是北京

我在日本一所女子大學誤人子弟，已悠悠數載矣！這所大學是私立大學，學費遠非常人所能想像，貴得像到月球上去搞房地產交易。所以學生大抵都是富家小姐。我說她們是五毒俱全：懶、好喫、愛打扮、不求上進、不愛學習，她們很贊同，恕我直言，反而都來聽我的課。日本女孩子上課也常提問題，不論我講什麼內容，她們都要想方設法把它朝兩條道上強行引導，一條是中國人爲什麼那麼會喫？另條是中國人那麼會喫又爲什麼並不發胖？幸好這是我極喜歡的話題，所以師生團結，其樂無窮，我對喫的研究也就業精於勤了。

學校周邊多果農，秋天紅柿樹頭，夏天葡萄滿架，春天橙桔新綠，冬天也不寂寞，暖棚裡爬滿了大西瓜。我去暖棚偷窺過，見西瓜一個個胖嘟嘟的，它們身價不低。日本西瓜不知爲什麼那麼嬌貴，一個要賣好幾十美金以上。所以商店西瓜都是切成四分之一賣，主婦左看右看，掂過來倒過去，深怕自己眼力不好，買了小的一塊。冬天夏天價格一樣，都是一律的貴。一次，我的學生作文中描繪她未來的夢想，居然是跟西瓜有關的。「我要好好唸書，以後嫁一個有錢人，我買西瓜像中國人那樣買，一下抱回家好幾個，喫得肚子像西瓜一樣圓。」

一個出身富家的女孩子把一下能買好幾個大西瓜當做她未來的人生理想，可見在日本西瓜的身價遠不是「飛入尋常百姓家」的香蕉、蘋果所能攀比的。

北京，是我家居多年的城市。那兒的西瓜極多、極好。如今多少回憶都已淡漠，可那賣瓜人的吆喝聲：「來喲，一個不熟賠兩個，一個不甜你揍我，三個四個抱回家，一家大小樂哈哈！買瓜喲！您哪！」卻總在耳邊搗亂，勾起我的思鄉之情。古人想起故鄉秋天蓴菜、鱸魚之美，辭官而歸，我思西瓜也曾想過是否回歸。北京的西瓜，的確是味道好呢！

北京郊區諸縣，大都產西瓜。北京天氣乾燥，雨水很少，土質不如江南肥厚，以沙土爲主，反而有利西瓜生長。北京的西瓜，皮兒格外的綠，像塗上了一層油彩，瓤兒格外的紅，南方人見了不放心，總懷疑是放了紅藥水染的；因爲大陸南方的西瓜，肉質大都淺紅、淺黃。

北京的西瓜，最庶民化的是京花三號，那瓜兒很便宜，一個不過幾角錢，可惜籽兒太多。最名貴的是紫玉，可一個也不過幾元錢。紫玉皮兒近乎於黑色，放多久切開來都是很新鮮。

夏天的北京，大街小巷到處是西瓜的天下，瓜農把瓜堆成小山一樣高，自己在山間搭個涼棚，夜裡點著通亮的氣燈，納涼的人們聊得口乾了，就站起身來，拖著一雙大拖鞋，一擺三搖地到瓜棚挑瓜，瓜兒也不用秤，這麼便宜的東西還犯得著計較斤斤兩兩的？瓜農用手一掂說：「給兩角錢吧，高興再加個五分錢，不高興您拿了就走！」

秋涼了，瓜兒也就謝市了，瓜農撤掉瓜棚，說：「咱哥兒明年再來，大家夥等著喫明年新瓜吧！」

北京人也用西瓜做菜，瓜皮洗淨，切絲，拌上小蔴油、葱末、薑絲、通紅的辣椒，就著大米稀飯喫。客人來了，把西瓜掏空肚子，放上蝦米、香菇、瘦肉，叫西瓜盅，是上好的待客菜呢！

北京人冬天不喫西瓜，嫌太涼，會肚子疼，所以，圍著火爐喫西瓜的佳話北京人並不上心。

好久未喫到北京的西瓜了，「君自故鄉來，應知故鄉事」，一次，一個朋友從北京來日本，我巴巴地趕著問她今年北京的西瓜可還好喫？她嘴角一扁，笑我是個大土冒（北京土話，指人像鄉下人），如今西瓜早已不是新鮮話題，有加利福尼亞的夏橙、日本的富士蘋果、菲律賓的香蕉，誰還稀罕喫西瓜；我又追問，那口渴了怎麼辦？大太陽下趕路的人，往瓜棚下一坐，挑上一個西瓜用手握成拳頭，用力一打，把瓜兒剖開，埋頭大嚼，該有多詩意、多豪邁；她聽了用眼瞪我，說，小舟，妳怎麼不現代化，可以喝可口可樂呀，一拉拉罐，多省事！

唉！我還是想念那北京的西瓜，眞想。

訪喫記

十多年前，我在大陸華中一所大學唸碩士，一年夏末秋初，我申請了一筆旅差費，便背上一個大背包，和我的學兄一塊，到江南的上海、南京、蘇州、杭州訪書。我倆年紀相當，雖經指導教授有意撮合，終是沒有緣分，注定無所作爲。他找了一個他系的小女生，我也別有所求，所以兩人出遊，彼此都覺不便，他愛煙酒我愛喫，偏偏管帳的是他，我便鬧起獨立，順長江而下，抵達南京時，便問他討了屬於我的那一份錢，一個人雲遊起江南來了。

我住進南京大學（原金陵大學）的招待所，白天在南京省立圖書館抄書，一日三餐，都在街頭飯館，一周下來，對這南京人的喫，便很有心得。

南京背依長江，多陂塘湖泊，所以鴨子很多。南京出板鴨，一隻重達五、六斤以上，板鴨肉厚、細嫩，南京人喫鴨一爲熏烤醃製，製成風乾鴨，喫時用蒸鍋氣熟；二爲鹽水鴨，將很新鮮鴨白煮，水中只放些鹽，類似廣東白斬雞，涼卻後澆上麻油、辣椒油、胡椒粒，味道很鮮美。

南京人還很愛喫豬肚，也是白水煮過，切成肚絲，我喫得最多的是三樣喫法，一是用肚絲和絲瓜一塊做湯，湯很淸，絲瓜綠，肚絲白；二是用肚絲炒靑椒絲；三是用肚絲和豆腐絲一塊滷過，分辨不出何爲豆腐絲，何爲肚絲。

南京一周結束，我又乘火車抵杭州，住在杭州西湖邊浙江省立圖書館招待所。步出招待所只數步之遙，便是西湖，再往前行十餘步，便是雕欄玉砌的省立圖書館。江南自古藏書頗多，杭州又爲江南之首，欽定《四庫全書》該館有原版一部，我在該館抄目錄，翻古版，館中一老者說，這小女子好用功；我哪裡是什麼用功；是怕回去不好向教授交代，其實我到杭州，想的便是杭州的喫是久仰其名，快快把書侍候完，便去滿足口腹之求。

杭州的喫，和南京的確不同，南京人講淸淡，杭州人卻很求肥厚之味。紅燒豬腳湯，醬油、味精、糖都放很多，喝了一口喉嚨就被封住。東坡肉也是油多，喫了一塊就飽了。西湖醋魚也是用醬油燒出來的。買了幾塊綠豆糕，包了好幾層紙油還往外滲。杭州一周，只有西湖的藕粉和龍井茶好，藕粉淡粉色，加入糖醃桂花又香又爽口，茶是上品，自不待說，只是當時價錢就已很貴。

帶著一肚子油膩跑到蘇州，住在蘇州大學，當時大學正放假，食堂卻依然開業，有一道菜是鹽菜蒸肉，每天都有。略甜，略鹹，全是瘦肉，油不多，很好喫。再就是蘇州的豆腐花很普遍，放酸菜、葱花、薑末、蝦米、芝麻油，幾角錢一份，站著喫，街頭巷尾，很多賣豆腐花的。蘇州的麵名氣不小，可我在觀前街喫了一次，湯甜甜的，我只喫了一半就憤而離店，很可惜花了自己兩塊錢。還喫了蘇州名菜炒鱔糊，心想並不高明，若是我來做，也不會比它差到哪裡去。蘇州的糕點卻比杭州的好，品種多，又好喫，蘇州大學食堂每早有十多種出售。

江南最後一站是上海，住在上海華東師範大學，每天乘公車去上海圖書館古籍部查找書，正值上海大熱，古籍書庫如火籠蒸鍋一般，我渾身被蚊蟲叮咬，館長顧亭龍先生見年輕人不辭勞苦肯唸書，很喜歡我，館裡工作人員喫冷飲也會給我一份，天天喫白食，知道上海的氷酸奶和奶油雪糕比大陸別的地方都好喫。

上海小喫很多，我覺得他們的各種各樣的包子做得最好。徐匯區有一包子舖的豆沙包使我至今不忘。麵發得好，放了甜酒，有一種淡淡的卻很醉人的酒糟香，豆沙裡摻進了豬油，成糊狀，一入口就化了。日本人很喜歡用豆沙製作點心，可他們的豆沙不成其爲沙，只是略爲碾碎，放入白糖而已，比上海人的豆沙包差多了。上海長途汽車站附近一家賣牛肉包子的，牛肉餡都用手反覆拍打，顫波波的，鮮嫩極了。上海的各種滷味也很有特色，南京路上的南味紅腸、香腸老遠就把人的口水引得好長，有一種叫水晶方肉的滷味，是用大塊的瘦肉和肉皮混合製成，肉皮打成膠狀，瘦肉卻大塊大塊，紋理清晰，切下一塊，夾在白脫麵包（上海一種白麵包）中，好喫極了。

從上海坐特快火車抵達北京，當時北京圖書館在北海公園不遠處，比現在的新館地理位置好得多。北京是個開放型的城市，氣魄大，容得下五湖四海，所以北京匯集了大陸各地好喫的，像翠華樓的山東菜、森隆的揚州菜、大三元的廣東菜，還有一聽名字就可以明白的湘蜀餐廳、四川飯店、河南飯店，還有俄式西餐的莫斯科餐廳、和平餐廳。可北京人不管做什麼菜，全把它換成了北京味兒。廣東人到大三元喫廣東菜，見紅燒魚配蛇血酒好生氣，這種配菜是北京式的，北京人愛喫紅燒魚，可廣東菜中不怎麼欣賞紅燒魚。廣東人心想我專門來抖威風，妳就拿紅燒魚對付我呀！紅燒魚不是不好喫，而是威風不够。北京人做魚水準不如南方人，北京這個缺水的都市，沒有大川湖泊，人工修建的河渠十有九旱就露底了。河魚喫不到，海魚要從天津，煙臺甚至青島運來，一斤魚倒帶著半斤冰，新鮮味早沒了，所以北京人喫魚就講究紅燒，大把的薑絲，大把的葱葉，醬油嘩嘩地往鍋裡倒。北京的好喫東西在一般的餐廳找不著，妳要去東來順喫涮羊肉，去全聚德、便宜坊喫烤鴨，去王府井的全素齋喫素食，去六必居喫醬菜，去隆福寺喫灌腸，豆面驢打滾，江米愛窩窩、麵茶、豆腐腦，去前門喫臭豆腐和豆汁，那妳纔算找對了地方。

隆福寺的灌腸是一種大眾食品，把澱粉放進油鍋煎，然後放點鹽和大蒜汁，聞起來特別香，可喫起來味道就很一般了。我也專門去喝過豆汁，那時，北京的豆汁已快絕跡了，好不容易穿大街走小巷找到豆汁鋪店，一喝差點吐起來，我忙找店裡的人，請他給我再來一碗豆漿，多加糖，好去去豆汁殘存在喉嚨裡的怪味兒，那店裡人笑了，說：「告您，您頭回來喫，閉著眼喝，還吹鬍子瞪眼和咱們找氣生。第二回您跟著湊份子，不再那麼反對了，第三回您自己找著去喝，您不住北京，喲，那可糟了，您就別培養興趣了，免得上了癮，一時半會又來不了北京，您那個饞哎！眞跟吸鴉片一模一樣！」我聽了不信，後來，長住北京，卻再也沒去喝過豆汁了。

北京的羊肉小籠包和羊肉餡餅是別處喫不到的。當時，北京圖書館的古籍部在柏林寺，一出柏林寺，對面就有一家清眞飲食店，專賣這兩種點心，一律配上大海碗的小米粥，醃五香大頭菜。北京的羊肉沒一點羊膻氣，餡餅薄皮大餡，皮薄如一張紙，用筷子一敲，砰砰作響。餡兒分量足，胖鼓鼓地像一個球。餡餅送上來，先是一股熱氣往您嘴裡一噴，我這纔明白，北京人愛說「噴香」，大概出典就是羊肉餡餅吧！在北京，蔥爆羊肉配大米飯也是既好喫又便宜，幾乎每家飯館都有這道菜。

北京哪兒都賣大饅頭，那饅頭雪白雪白四四方方，可愛極了。把大饅頭中抹上甜麵醬，放上一根大葱兒，可有嚼頭了。我有時來不及去飯館喫，就這樣邊喫饅頭邊翻書。

北京的水果就數紅棗能眞正塡飽肚子，北京的棗很少當水果喫，而是製成蜜餞，或棗糕。魯迅故居中有一株魯迅當年手植的棗樹，參天入雲，鬱鬱葱葱，我去參觀那天，通紅的小棗落滿庭院，我拾起一顆放在口裡，很甜，很甜的。

從北京乘特快火車返回漢口，途經保定、石家莊、鄭州，每至一車站，都有車站的小車送來當地小喫名產向乘客出售，記得河北、河南各大站都是燒雞加燒餅，乘客買一隻雞，幾十個芝麻燒餅，一瓶老白乾酒，喫得不亦樂乎。

返回漢口大學後，導師問我此行收穫，我便寫了一篇〈訪書記〉交上去討學分，其實心裡眞正想寫的是訪喫記也。時隔多年，我旅居海外，知道大陸可誇之處絕少，只有喫能唬住洋鬼子，所以憶起當年訪書之行，意在於喫也並不是什麼見不得人的壞事，只是當年一窮學生，光顧的都是街頭巷尾的庶民之食，不過庶民之食纔是天地之正食吧！

人之初

暑假裡，好些日本朋友要到我的故鄉廣西桂林去，她們，巴巴地趕著我問有關桂林的這、那的。一個知心女友和我同住過一幢公寓，對我了解甚深，她打斷諸位話題，「小舟是個喫家！只管問她喫好了！問別的，問了也是白問。她哪次去卡衣莫囉（日語買東西）不是把好的扔下，倒把壞的撿來？」這話不假，我別的不行，可論及喫，我是很自負的。活了好幾十年，也闖蕩過幾個國家，讀了不少書，碩士、博士論文都作過，可幹什麼都幹不好。只有一點對喫的品味，我是不會讓人占了上風去。我在日本唸博士時，先要筆試，後有口試，筆試時我還馬馬虎虎，混了過去。口試時卻招架不住，連連失誤，指導教授對我原有些偏愛，一心想收我，見我表現太失他的面子，忙打圓場說是暫停一下，大家一塊去喫飯。大學有四個食堂，菜譜早在一月之前便定好，所以全都一樣。日本人做事又認眞，比如牛肉咖哩飯，A食堂絕不會比B食堂多一塊牛肉，少一塊紅蘿蔔去。可味道是不可能一樣的，我四個食堂喫下來，便深有體會，知道A食堂的湯好喝，B食堂的壽司夠水平，可一定要那大鬍子師傅當班才行，換了別人，便南桔北枳，味道大異。C食堂拉麵水平高，D食堂是一無是處，萬萬去不得。教授們不知哪個食堂好，猶豫之間，聽我一席話，立即刮目相看，心想人家一個外國女子，來這也不過半年，就有如此心得，可見朽木可雕也。後來，我把這事告訴一位日本友人，她說日本收學生，考試只是做做樣子，導師要收，別人是說不上話的。不過我總疑心和我那一番流利的用日語論及A、B、C、D四食堂短長頗有關連，從此，便對喫愈加用心了些。

我這好喫的稟性淵源於我的故鄉桂林。桂林是大陸南方的一座小城，據說，桂林有三絕，一是山水好，二是出美女，桂林的女人，不高也不矮，白白淨淨，苗苗條條，笑起來甜甜的，裝得下天下許多喜事、悲事，不像桂林的男人，一有事就驚慌失措，反要女人頂著。三是桂林人愛喫，也會喫，隨便講幾樣桂林的家常小菜，你就知道這話不假了。

一個是鱖魚豆腐湯。桂林山青水秀，大有漓江，小有東江，江中魚肥，味道很不尋常，想是水質特殊的緣故。一到夏末秋初，桂花飄香之時，鱖魚也就歡蹦活跳地上市了。買回家，先放在盆裡養上三、五天，每隔一、兩個鐘頭，便朝水裡滴上幾滴芝麻油，那魚兒聞見香味，便會大口大口地吸水，把肚子裡的汚物排洩得一乾二淨。這時，就可以去南門菜市買來幾塊豆腐，記住，一定要南門菜市的才行，那兒的豆腐用的豆是頭年摘下來的，新鮮得一股豆腥味，那兒的鹵水也實在，打出來的豆腐白生生的、顫波波的，可又有韌性，不會一下鍋就碎成一團。買了豆腐來，先把那鐵鍋燒得通紅，然後倒下半勺花生油，待到油熱，便把活蹦歡跳的鰍魚撈起來朝油鍋裡一放，說時遲，那時快，這隻手放鰍魚，那隻手便要把豆腐方方正正地整塊放到鍋裡去，這鰍魚一遇熱，便心急火燎地亂蹦亂跳，一股腦鑽到涼生生的豆腐塊裡……於是加水，放上鹽、味精、料酒，起鍋時，撒上一把綠油油的葱葉，黃鮮鮮的薑絲，這菜一上桌，每次都喫得底朝空。我奶奶是個慈心面善的老太太，看見我做這菜，便雙手合十，口裡唸佛，罵我殘忍，說我做罪多端，日後會反被小鰍魚造反把我活捉了去。可到底也忍不住，偷偷喝上幾口湯。

還有一道菜叫苦瓜釀肉，桂林的人家都喜歡自家搭個菜園子，種些辣椒、苦瓜、薺菜什麼的。桂林的苦瓜，又和別處不同，一是個大，胖呼呼、圓滾滾的，二是並不太苦，我姑姑喫了桂林的苦瓜，便特地問我母親討了種兒，種到她家的院子裡去，可是好不容易盼到收穫，才發覺桔已枳變，從此便絕了此念，也只想住到桂林來，好喫那圓滾滾，並不太苦的苦瓜。

這苦瓜洗淨，掏空肚子裡的籽，切成一截截，再把新鮮瘦肉切碎，放上薑末、葱絲、鹽、酒、味精，撒上胡椒，再把那泡得軟軟的糯米拌在一塊，一股腦地塞進這苦瓜的肚子裡，先煎得兩面金黃，再放上水耐心地燜，待到汁兒熬乾，就可以上桌了。桂林的家常菜好多，我記得名字的還有紫薑鴨子、清炒丁螺、火爆蛙腿、三鮮米粉、甜酒甲魚、炭烤兎塊……記不起來的就更多了。

我上大學二年級的時候，讀到白先勇先生的一篇小說，提到桂林花橋附近有家榮記米粉店，這可是眞的。五〇年代，這店就沒有了，可上了年紀的人都還記得，說這家米粉店有一口大鐵鍋熬湯，熬了幾十年，那灶火不曾斷過。陳年累月，那湯就這麼熬著，鮮得一碗米粉中只能放上那麼一兩小勺。這些年，大陸放鬆了政策，允許私人開店，榮記米粉店就又開張了，雖然味道不如以前，可還是比別處好喫。但半年不到就關了門，原因是這桂林人講哥們義氣，榮記米粉店的老板在這花橋住了一輩子，誰還不認識誰呢？都是熟人，老板不好意思收錢，米粉太好喫，熟人又忍不住不去，最後賠了好多錢，老板便跑到老遠的永福去開店了。你會想我怎麼知道這麼清楚？因爲這家老板是我的遠房表舅，我當年也去喫過白食哩！不是想占便宜，而是那米粉實在太誘人。至今想來，我還在後悔，當時應教給老板一個好法子，既不傷大家情面，又不至於喫白食，像日本人一樣，在門口放個小盒子，朋友來了便自己扔錢進去，不過，說這些都晚了。

孟子講，人之初，性本善；荀子又講，人之初，性本惡，這場官司打了好多年。其實，人之初，性好喫，倒是眞理。剛生下來的嬰兒，不知道找衣服穿，不知道德儀禮，卻知道嗷嗷待哺，喫，才是人類的第一天性呢！

北京的女人

家聲居美多年，卻總忘不了他是北京人，他被我家三妹連哄帶騙地和我對上了象，三妹說，小舟跟北京人差不離兒，你倆準能成！他半信半疑，捧了我的照片左瞧右瞧，有些失望，嫌我臉太尖，眼睛偏又生得大，一股南方人的「討喫像」。三妹說，什麼討喫像！那北京女人，大臉像大餅，鼻子像大蒜，眼睛一條縫似地。家聲聽了噗地一下笑了，說，好，我和她聊聊。家聲給我撥了個越洋電話，日本人習慣，電話一響，就要「哈意」一聲，然後是自報姓名，然後是阿意傻姿（問候）活像公家機關的接線生。那家聲一聽，嚇得想扔電話，以爲撥錯了號，主人大罵他混蛋呢，弄了好半天才知是我。我們聊了一會，三妹恭候一旁，急急地問，怎麼樣？一口京片子吧！家聲說，憋出來的，怎麼聽都不太地道，不過也難爲她，總算八九不離十。所以，以後家聲就叫我北京客，客者，客居也，不是主人，可人生誰又不是雪泥鴻爪，忽東忽西？漂泊終難定；不過，我承認，我的確是一個北京客，算不上道地的北京人，尤其是北京的女人。

北京的女人，皮膚極細、極白，頭髮卻油黑油黑的，只可惜渾身上下的俊俏兒都生長到皮膚和頭髮上去。臉上的五官像被人抹了一把，平坦如紙，身材卻偏高，女性的特徵不足，說話衝死人，溫柔味是談不上的，不惹她生氣就不錯了。可北京的女人不造作，大大咧咧，像野地裡怒放的山菊花，活活潑潑地散發出生命最原始的美，這樣的女人，也會叫男人怦然心動的。北京是大都市，可它的女人卻沒有多少都市味兒，雖然，大陸都市中，北京女人是很時髦的，什麼新潮就跟什麼走，可北京女人骨子裡的鄉土味兒太重，怎麼也脫不了那股兒土勁。可是，妳不會認爲她俗，北京的女人一點兒也不俗，她活得很瀟脫、很自如，也很堅強，看見女人掉眼淚，北京女人就會想：「南方姐呢！愛哭。哭有啥用？沒事，挺好。」北京女人的自我感覺良好，這樣的女人，妳把她一個人扔在荒無人跡的大沙漠上，她也不會絕望。

北京的女人，腦子大概不好，我在北京時，系裡幾個女老師，全一色的南方人，北京的女人唸書老忘。健忘的女人再有學習的熱情、堅強的毅力也白搭，學多少，忘多少，多讓人氣餒！

北京的女人，不像許多女人，愛人前背後說三道四，她沒這閒情，再說講小話總要壓低聲音，防止當事人聽見不是：北京的女人可沒這耐心，她那嗓門都是高八度的，鬼鬼祟祟的事她幹不好的。所以，我在北京客居多年，聽見北京的女人吵架，都是當面鼓，當面擂，有女人背後嘰嘰喳喳，北京的女人就會說：「幹嘛？把人當聾子呀！說話像蚊子叫似的，多不爽氣！」瞧這模樣，妳就是嘴巴想講小話想得要死，也不敢找她，白白挨她臭駡不是？

北京的女人，駡起丈夫來像逮住了一個賊，眞是氣勢湧湧。俗話說，當面訓子，背後譏妻（夫），可北京女人不管這，人越多，她對丈夫的管教就愈厲害。我在北京時，常聽鄰居，一位女人訓夫，「老王，給我家去（回家），大白天一個辦公室裡扎堆兒閒聊，還沒累著你呀，下了班還往一塊兒湊，點你呢！我老娘不也上班來著？就該我伺候你大老爺呀！告訴你，沒門！咱婦女也是人，你不幹活我老娘和你打離婚，你甭以爲如今大姑娘找不到對象的多，等著你呢！人家當一輩子老姑娘也不會請你當新姑爺！」我這還是省略著說，你瞧，北京女人訓夫眞是有板有眼呢！

不過，北京的女人實際上疼男人呢，她不會嬌嗔，那一套她學不會，也根本不準備去學。上面這個被老婆駡得灰溜溜地跑回家的老王。回到家幹什麼呢？我好奇心上來，非要瞧個究竟，便假裝借醬油，敲開他家的門，只見勝利者——北京女人腰紮圍裙，一頭一臉的汗，髮髮貼在前額上，汗得可以擰出水，正在那翹著屁股擀麵烙餅呢，口裡依然駡聲不絕。

老王呢，灰溜溜地正在埋頭大嚼，飯桌上，北京女人早已備下了一碟油炸花生米，一碟肉皮凍，一碟涼拌小黃瓜，那老王一邊喫菜，一邊喝北京二鍋頭酒，北京女人邊罵邊扔給老王一張剛烙好的餡餅，「接好了，你小子難不成還要我老娘餵到你嘴裡不成？告訴你，如今婦女翻身解放，你想要老娘給你當牛做馬呀！那可沒門！撐飽了，灌足了，給我乖乖滾進屋裡看電視去，別在這惹我生氣！」我忍住笑，忘了拿北京女人給我的醬油就跑回家了，心想，好個北京女人；鬧了半天都是嘴上工夫，我要是老王該有多好，雖說挨罵，可飯來張口，衣來伸手，挨點罵只當聽的是搖滾樂曲，那女人嗓門再大也不如搖滾樂吵人吧？

北京女人不小器，有人結婚或生了胖小子，大家商量湊份子送禮，南方女人會在心裡計算一下，北京女人都一下就把錢掏出來了，說：「大家出二十塊吧！人生這種事十年八載輪不上幾次，別反倒讓人小瞧了咱們！」南方女人心裡怨開了，心想，妳腦子缺根弦呢？今天這個結婚，明天那個生兒子，都拿二十塊，自已喝西北風呀！可北京女人不這麼想，她想事全是如北京的大街小巷，直來直去，要是她會拐一下彎，那她就不是北京女人了。

北京的女人有時也會黠一番，我的女友琳佳是典型的北京女人，當年北京很有名的西單大街上新開了一家祥雲國貨精品店，大概認爲國貨嚇不著國人，便開設了一個舶來品櫃臺，賣很高級的時裝，一套標價一千人民幣，我們的工資一個月當時是一百零四元，自然是望衣興嘆，飽飽眼福而已。而琳佳不，她偏要店員辛辛苦苦地從模特兒身上剝下這套時裝給她試試，我怪她多事，她卻大大咧咧地壞笑，說：「怕啥，咱又不偷了走，穿上試試一千塊一套的衣到底是個啥感覺，反正又不要咱掏一分錢。」這可不是頑童的小把戲麼？嗨，北京的女人，就是邪門！說穿了，還是有點兒傻氣呢！

俗話說，一方土養一方人，南桔北枳，春蘭秋菊，人與人硬是不同的。這北京的女人，就是北京的女人，我在北京客居多年，可說到底還是個外鄉人，家聲這個老北京，一眼就認識了我不過是「偷來梨蕊三分白，借得梅花一縷魂」，那北京的女人，是非要飲北京之水，食北京之粟，沒有個多少年的修煉，妳是學不來的。更有一絕，離開了北京，北京女人也就南桔北枳，走味了。我在海外碰見不少北京女人，或自以為是北京女人的女人，卻找不到以前在北京客居時所深深為之觸動的北京女人那種風情、那種韻味了。也許，要找北京的女人，還只有在北京的東單、西單的人流裡，在深深幽遠的胡同裡，在老榆樹環抱著的大庭院裡，在男人們的怨與愛裡呢！

四川的女人

四川的女人，不會好看到哪裡去，也不會不好看到哪裡去，她的特色不在這，而在她的神態氣勢，在她那張薄而寬的嘴上。她彷彿是國家保密局的特工人員，因爲她永遠像懷揣著獲悉日軍偷襲珍珠港、美軍要在長崎扔原子彈的重大機密，祕不可宣、神祕兮兮。她去市場買菜歸來，菜籃子裡盛著的不過是幾顆白菜、一堆通紅的辣椒，可她那神情活像籃子裡是一顆定時炸彈，自顧自地洋洋得意。四川的女人，俗稱川辣子，這實在有些名不副實，擡舉了她，因爲四川的女人吵起架來一般都是虛張聲勢，雷聲大、雨點小，剛剛陰了天，一會就放晴了，用不著害怕她。

四川的男人，都有些好吹牛。也難怪，他們從小就在茶館裡聽人擺龍門陣，聽多了自然也就學會了。四川的女人，倒是無資格上茶館泡時間的，她的導師是她的男人，男人對她吹牛，她便學了這一套，對旁人吹牛。四川本是個地靈人傑的好地方，人民稟山川之秀，恃物產之豐，有些值得吹牛的資本。可小小蜀國，任你諸葛亮再有本事，也鬥不過中原。所以，四川到底還是不敢和故都北京、花花大世界的上海攀比，這一點四川的女人明明知道又不服軟。因此，她就顯得有些外強中乾，強撐場面。像一隻森林裡總想稱王稱霸的小猴子，精明、能幹，也能折騰得天翻地覆，但老虎眞的生了氣，猴子還是擔當不起。

四川的女人，是有見識的女人。宋代大文豪蘇東坡，一生中娶了兩個四川女人，王弗和她的表妹王潤之。王弗十六歲歸東坡，東坡夜裡誦讀詩書，偶有誤漏，她居然能指出誤處，令東坡既驚、又愧，還有些驕傲。王弗早死，東坡不捨，有詞爲證：「十年生死兩茫茫，不思量自難忘！」終於繼娶王弗的表妹王潤之爲妻。東坡是個很挑剔、很難相隨的夫君，倒不是說他喝了酒罵太太，甚至動了怒舉手便打，而是他的曲高和寡，一肚子不合時宜。而那位四川女人能使東坡「不思量，自難忘」，能和他「話淒涼」，可見四川女人極聰慧、極徹悟。東坡那樣的人是能糊弄的麼？

四川的女人，很有忍耐力，很能喫苦。我在重慶碼頭上船，溯長江而行，途次或一展平原，或山道彎彎，舉目所及，只見四川的女人，無論少女或老嫗，都肩背竹簍，或耕耘、或販貨，勤奮生存。她撒著一雙大腳，在這很艱難的世界上奔來奔去。男人外出了，到城裡去碰碰運氣，她就一手扯著她的娃，一手耕著她的地。男人沒出息，她就把娃（孩子）交給男人，自己去闖天下。「怕啥子嘛；人家有腳，你也有腳，走就是了吵！」她把複雜化做簡單，又把簡單弄成複雜，全憑她高興還是不高興了。

九年前，我的孩子出世，我很忙，便請了一個四川來的保姆。她叫川英，大概四十多歲，從四川奉節來到這北京。我到北京城南的崇文門去，那兒有安徽幫、河北幫，全是到北京來找保姆活的。川英一個人大大咧咧地站在那，不等我挑她，她倒把我挑上了。「這位大姐莫得脾氣，我幫妳領娃吧！」她就這樣跟到我家來了。剛一進門，她就大呼小叫地把我嚇了一跳，「哎喲，我的老祖宗呀！妳搞的啥子名堂嘛！娃兒穿一條死不透氣的膠褲子，妳這當媽的還想不想以後抱孩子嘛！」我雲裡霧裡摸不著邊際，她早已把小夏身上的防尿褲剝了下來，口裡還在不停地數落：「男娃子，小雞雞就喜歡自由，妳把它管狠了，日後不能給妳生娃！」她的理論一套又一套，不聽她的還不行。小夏的母親從此便成了她，我倒成了個路人。她明明錯了，卻有本事反倒叫妳認錯。她把全家人的布鞋、球鞋全扔到洗衣機中去洗，乾燥機中去烘烤，弄得我們家人人穿上變形的鞋子好痛苦。她堅持菜裡必須放通紅的辣椒，連湯也不例外，一家人辣得鼻涕眼淚一個勁地流，只有她一個人穩若泰山，面對我們的痛苦毫不同情。我要她少放些辣椒時，她很天眞地瞪大了眼睛，說：「難道你們不是中國人，是毛子（外國人）？」她好勝心強，抱著小夏在樓下和一群別人家的保姆打口仗，那人講：「

妳有本事，怎麼把孩子帶得這麼瘦？」她就天天給小夏餵四、五個雞蛋，喫得拉肚子。

好多次，我都想辭了她。後來，我個人的生活發生了很大的變化，我們搬出了原來很高級的公寓，住到我任教的大學的一間廁所對面的房子，我不敢充分地描繪這間房子，因爲它實在是太髒了、太臭了。一步之遙的廁所，是學生們無一日不報到的地方，沖水系統早已只是形式，糞便、汚水水漫金山，巨大的綠頭、紅頭蒼蠅成群結隊。我不敢開門，而房門裡、牆上是一片片綠霉，地上的水跡永遠也不會乾，小夏就在這房裡患上少年肺結核。而四川女人卻說什麼也不肯離開我家，「小舟妹子，妳落難了，我擡腳就走，我還是個人嗎？」情深義重啊！四川女人，是很講義氣的。後來，我決定東渡日本，川英說：「小舟，妳要信得過我，娃兒我幫妳領著。有我一口喫的，就餓不了妳的娃！」和川英相識一場，四川女人的形象在我心裡永遠留下了難以抹卻的記憶

四川的女人中，是很有些聲名顯赫的人物的。聲名顯赫的四川女人，往往都不那麼可敬、可愛。富貴得大紅大紫的四川女人，不幸又有些此地山川風土給予的種種稟性，就會像剛從鄉下出來的女人穿著高跟鞋、裘皮大衣，把臉抹得一塌糊塗地在人前招搖，活活獻醜，很不自然。可是，一個普普通通山鄉妹子，小家碧玉卻有十足的魅力。岷江長流，蛾眉永翠，四川的女人，最美的便是那蓬門未識綺羅香，是那拉著縴，唱著號子，和男人一樣用雙

臂挽起笨重木船的健婦。妳可以嘲笑她粗、她不含蓄、她霸權主義、她盲目自傲；可妳不敢忽視她的熱情、她的勤勞、她的無畏。一個女人具有這樣的氣魄時，她也就活得不虛來這世界上走一遭了。四川的女人，是女人中的偉丈夫，是俠客、綠林好漢、忠烈志士。瑕不掩瑜，這樣的女人，管她吹牛不吹牛，管她霸道不霸道，她故弄玄虛時，妳不睬她就是。

上海的女人

上海這塊地方，本是出流氓、出地痞、出領袖、出英雄、出第一夫人、出青樓女子、出姨娘的地方。三教九流，各路草寇，使這十里洋場讓人不想尊重。比起故都北京，它顯得少些大度，少些修養。可上海的女人，倒是鋒頭頗健，從近代到現代，一如天邊的星，神祕地、奪目地、永恒地掛在天幕。永遠的女人，怕只有這上海的女人，才受之無愧呢！

上海的女人，眉眼俏，腰身軟，小嘴不知不覺地嘟起來，又高又直的鼻子也習慣性地泛起細細密密的小汗珠。欲說還休，先把你的胃口掛得高高的，望著她那羞答答的模樣，你以爲會有石破天驚的情話噴薄而出，末了才知不過是最平常不過的中文A、B、C，「儂好哦？」（上海話你好！）可她那吳儂軟語說出來，比北京的女人從心眼裡湧出來的「我愛你」還讓男人們聽了舒服、高興。上海的女人，永遠和男人們保持良好的關係，至少，在初次見面時會如此。而女人們，怕是不太喜歡這副模樣的，除非她像洋女人一樣，有同性戀的傾向。

上海的女人，不會去挑那大紅大綠的花裡胡俏的時裝，她嫌那衣裳會耀得讓人們反而忽視了她的好身段、俏臉兒。她也不像其他城市的女人一樣，用大把的票子去買那可疑的、含鉛量世界第一的、雜牌化妝品，把自己塗得連白天喫的一鍋飯，晚上睡的一個枕頭的夫君嚇得直以爲來了女吊，只差舌頭沒伸出來。上海的女人倒是有一種「淡淡妝，天然樣，就是這樣一個漢家姑娘」的氣氛。不過，上海女人的虛榮在她的骨子裡，她爲虛榮而生，也準會爲虛榮而死。生命的眞實她不想去尋找，她是一個哲學家，天生的哲學家。她的哲理不多但很精闢，女人爲男人而生，男人和女人又爲鈔票（錢）而生。所以上海女人只要兩點：男人和鈔票。她要男人，一副小鳥依人的樣子。男子和她纏到一塊，就有些拖泥帶水，英雄氣短，紮起圍裙在鍋臺邊亂轉，提起菜籃子在市場上和人論斤論兩。可熟人來了，上海女人便要丈夫穿起筆挺得一絲不苟的西裝，翻出箱底久違了的領帶，把自己的脖子弄得水洩不通、嚴嚴實實。坐在那談美國總統的下屆候選人，和非洲的旱情。她要丈夫在人前當紳士、政治評論家、經濟預測家。她也要丈夫在人後當她的廚子、車夫，和孩子的媽。男人本是由女人一手塑造出來的，上海的男人正是在這上海的女人手中、懷裡，成了有些女氣，又有些豪氣的合成品。

上海的女人，不像北京女人那樣激烈，湖南湘女那般一味多情。河南女人那樣深沉而笨重，山東女人那樣奮不顧身，勇猛得有些過頭。四川女人那樣夸夸其談，不知天高地厚，而骨子裡卻是個怯生生的驚弓之鳥。上海的女人是精明的生意人，很懂得市場行情，老謀深算，偏又爛漫如十八青春女。她們的夢境中沒有國界，都是些國際主義者，你可以在世界任何一個地方看到上海的女人。她敢挎著美國男人的手，倚著日本男人的肩，異國婚姻在上海女人中是很熱門的話題呢！上海的女人早先是愛家但不愛國的，她的家當然不是狹義的家，她知道那個家不是金絲籠圈不住她這隻金絲鳥。上海女人的家是南京路，是黃浦公園，是美國佬、英國佬、俄國佬、日本鬼子留下的租界區。她向外地人講起這些，好像是講她家的家具、她床頭的小擺設一樣。她一輩子也沒夢想過去看看塞北的風雪、奔騰一瀉的長江、驚心動魄的長城。可如今，上海女人便把這家國齊來抛閃，漂洋過海去了。

上海的女人極有主意，可以說層出不窮，只可惜這些主意大都是些糊塗主意。正應了那些俗話，婦人之見，頭髮長、見識短。不過糊塗主意也畢竟總還是個主意，所以上海女人不會發出空虛的感嘆，一覺醒來，無路可走的人生哀傷她幾乎不曾體驗過，她總是很忙，總是有事可以做。所以上海出身的女作家的作品都是熱鬧非凡，除非她故意悲秋，為賦新詩強說愁。

想。上海的女人，主意不高，參與國政準會壞事，可治家倒是有一套的。一張破桌子，桌面漆脫了，腿也斷了一根，她就會去扯幾尺花布，自己縫個桌布，清清爽爽的。客人來了，她親自下廚燒菜，蠔油牛肉，用一個大而淺的盤子盛著，下面鋪上綠綠的青菜。牛肉什麼價？青菜什麼價？她精著呢！客人喫了牛肉，她便笑盈盈地直往妳碗裡送青菜，說：「青菜爽爽口，阿拉中國人都勿格識貨呢？儂知道哦？外國佬們都中意青菜不中意啥麼子牛肉呢！」妳若是個崇洋主義者，那妳一定會把桌上的青菜一掃而光，剩下外國人不中意的牛肉讓女主人自己消化。

上海的女人，天生是個樂觀主義者，極富理想、幻想和夢想。她悠然自得，口袋裡那怕只剩下幾個硬幣，她也會笑得甜甜的，保持良好的風度和氣質。她不輕賤、不張狂、不愁眉苦臉，一副泱泱大國子民的儀態氣度。她在上海住的也許是貧民區──下只角，一張床上睡著祖孫三代，可她被請進五星級大酒店，只怕連眼睫毛都不會驚詫地眨一下。她會款款坐下，好聽的吳儂軟語從好看的小嘴中流出來，渲染著不卑不亢的氣氛，「儂個房間呀！啥麼子都好，就是牆上那幅油畫格調勿好。啥子東西？明朝早早地換上梵高的『向日葵』，就啥格事體也勿有啦！」瞧！人家這氣度！上海的女人，永遠都是勝利者，那怕這勝利虛假得可笑，可她畢竟沒有低下她那顆美麗的頭顱。

上海的女人頗像法國作家莫泊桑小說中那些天生是爲富貴榮華而來到這世界，卻不得不守著窮酸的小公務員度過一生的巴黎小婦人一樣，可憐、可嘆、可讚，又多少有些可厭、可笑的世俗氣。上海本身在如今亞洲各大都市中的位置早已不能與三〇年代、四、五〇年代時相比，東方的明珠不再有昔日的耀眼光澤，像一個歷史的老人青春留在了前朝，只剩下屬於過去的驕傲。而上海的女人正如破落大家的少爺、太太、小姐們，端著一副空架子，想放下又捨不得放下。然而，上海的女人在這歷史的嘆喟聲中，無疑是頗能奏出心聲的一群。她的風情、她的俏麗、她的沉著大方，使她成爲有特色的女人。如果我去寫上海這本大書，那麼封面上一定是個女人，上海的女人。她聚積了上海這座城市的近代史現代史，她比男人更想熱熱火火地向大家大吼一聲，「阿拉（我）了不起！」當然她不會吼，那是北京女人的脾性。她會假裝漫不經心地，趁人不注意地展示她的夢想。上海的女人是充滿野性的女人，有些危險性，也有些悲劇性。她比北京女人活得累多了，因爲她到底是個愛虛榮的小婦人。如果說北京女人是山菊花，野地裡生、野地裡長，那麼上海的女人便是舊時有錢人家的庭院、樓館中曲意培植的梅，精緻、妙不可言，可賞玩、可親呢，可多少有些病態。把它索性移出去，移到風雪瀰漫的高原，移到大江東去的岸堤，移到斷橋冷寂的古驛路，移到霜氣橫秋的原野，這梅便舒展枝條，爭奇鬥艷，傲雪凌霜，平添英雄正氣，上海的女人，怕亦如此吧？

湖南的女人

我不知道怎樣去確認我的故鄉，要一個駛著生命匆匆的小舟，在哪一個碼頭、港口也無意久留的女人去定位她人生旅程中一個個離她遠去，不知是它丟失了她，抑或是她拋卻了它的一個定義爲故鄉的地方，委實不是一件易事。大概是九一年秋，大陸出了一本《中青年學者辭典》，終於有人記起了如今浪迹天涯的我，收錄了有關我的一則辭條，說我是桂林人。後來接到過父親的來信，他說這事他是知道的，他把女兒的故鄉歸給了桂林，歸給了那水作青羅帶、山如碧玉簪的神祕空靈之城，而不是那片桑麻成野、穀豐魚肥、衡陽雁去、浩淼的八百裡洞庭上能托起巨輪，絕不僅僅是一葉小舟的泱泱楚國。

楚國泱泱，也曾數度問鼎中原。楚國有激昂烈士，有屈原大夫的詩魂。楚國的男人，雖身不滿七尺者多，卻敢心雄萬夫。火爆爆的脾性，無論平民還是君主。春秋戰國時代，楚莊王的使臣出使齊國，途經宋國，爲宋人所殺，消息傳來，只見那莊王：

投袂而起，屨及諸庭，劍及諸門，車及之蒲疏之市，遂合於郊，興師圍宋。

男人的驕躁，男人的豪勁，在楚國的原野間蕩氣迴腸。然而此地山川之鍾秀，卻依然垂青於女人。讀《楚辭》，那湘女的慧美伴隨著飄風、雲霓、鳳鳥、飛廉，目眇眇含羞帶愁，嫋嫋然狀如輕風，乘著洞庭之波，在蕭蕭木葉下，款款而來。湘女多情，自古由然呵！她像一株纖細至極的小草，在一生中柔順地迎合著男人。楚王愛細腰，宮中多餓死。湖南的女人，心甘情願地把自己化成弱小，這樣的女人，怎不叫人心痛呢？

湘女多情，廣情故，心相許。湖南的女人，生命的支柱便是一個情字。我的一位朋友，在親睹我的婚變和生命中又一次燃燒起來的追求時，曾無限感慨道：「小舟，說到底，妳還是一個湖南的女人呀！」記得當時，我爲她的這句話激動了許久。我知道我的血液中有楚國的情愫時，很有一些驕傲。身爲女人，我的確一生都爲多情所困擾。

我有兩個姑母，如今已被主召去了天國。天人相隔，音訊全無。只有她們留在此岸的情，永遠與生者相依相親。我不只一次地咀嚼她們的運命，這使我對湘女多情有了很切實的詮釋，也使我在撰寫〈湖南的女人〉這一章時，有著比撰寫其它地區的女人更多的感動。

我的兩個姑母是很美麗的婦人，可據說她們的美有一種清麗太甚的、近乎怨傷的楚楚情結，這似乎暗示著她們日後的苦難人生。大姑父早死，二姑父成了瘋子。兩個姑母從二十多歲的少婦時代起便在事實上成了無依無靠的可憐女人。她們都終身守節，大姑母後來在一所廟中獨臥青燈古佛旁，直到前年去逝。二姑母一生照顧瘋了的丈夫，臨死時，她唯一牽掛的是將來有誰能代替她的責任，爲瘋人端茶送水，她說：「可憐的人呀！我這一走不要緊，你糊裡糊塗怎麼活囉！」湘女多情呀！我的兩個可敬的姑母，眞是最最善良的好女人！

情與義是相依相存的，情深義重，便是這湖南的女人最讓人傾心之處。我喜歡她的那種凝重、那種謙和、那種近乎奉獻的情愛，我是欣賞這種品質的。

人生如寄旅，追求永久只能是夢幻，可在這匆匆寄旅中，把這情重重地渲染出來，會使我們在情的暖意中，忘卻冰冷的終界，湖南女人的情，予人生而言，眞是可貴可親呀！

我這個永遠渴望下一個陌生港口的女人，在遊歷過一些國家，與世界上不同種族、不同膚色、不同文化背景的各色各樣的女人接觸過之後，我最看重的依然只是女人的情。那湖南女人生長著的大地，厚重沉雄，蘊積著太多的苦難。我的一個遠親表嬸，爲了勸丈夫不去打牌，省下區區幾塊人民幣而跪著求她的丈夫，丈夫踢了她一腳，她不敢反抗，卻衝進房裡，喝了農藥自殺了。妳到湖南的鄉間，會聽到很多類似的傷心事，爲了丈夫喝酒不顧家，爲了丈夫突然有了外遇，爲了丈夫無意中的一個白眼，湖南的女人都有可能斬斷她生的欲望。她的天地很狹小，已婚的湖南女人被叫做堂客，她把情一頭緊緊地繫在自己生命上，而另一頭則繫在男人身上，有一種宗教般的虔誠，而一旦這男人隨意抽身而去，或有意背叛，她的結局就會很悲慘。多情的女人，往往會被這情摧殘得遍體鱗傷，甚至撒手而去，情原也是一個危險萬分的陷阱呢！我的一位女友，是湖南沅江人，典型的湘女。她美而聰慧，唸到有了博士學位，卻走不出湖南女人爲情所困的結局。她愛上了一個很自私的男人，這男人很粗暴地輕視她的一往情深，博士班畢業時，爲了留校任教，與一位名教授的女兒匆匆成婚。她受此重創，曾有三、四年不曾解脫，曾經滄海難爲水，竟從此不議婚嫁。說和那男人相愛的幾年中，把情已燃成灰燼，死灰不能復燃，此心又怎能它移？每次看她孑然一身，我就恨了那負心的男人和與那男人匆匆成婚的淺薄女人。湖南的女人，爲了這湘女多情，有過很沉重的付出。

湖南，久遠時代的楚國，是我深深眷戀著的家園。我與那兒的山川沃野有著割不斷的親情，而多情的湘女，更與我的心靈有著最深切的契合，願仁慈的主多降福於多情的女人，讓她既已付出，便能得到。

愛書的女人

那年我戴上博士方帽時，曾經寂寞得想哭，父母遠在大陸，前夫已經離異，幼小的孩子全然不知道他的媽媽爲了這頂沉甸甸的博士帽度過了多少傷心的日日夜夜。博士夫人們笑得好開心哪，那一刻，我眞想我有一個另外的人生；做一個乖乖的小婦人，在丈夫的博士帽下幸福地微笑。女人，畢竟是弱者呀！

那以後，有很長一段時間，我討厭了書。坐在桌前，看著一堆堆被我翻過無數次，貼滿小字條，字條上是我做下的心得的書，我就立即把視線移開。我背著旅行包，生平第一次沒有書的陪伴，一個人到長崎、到伊豆、到奈良……有一夜，我在長崎雲仙的一家叫福田屋的民俗旅館夜泊，窗外是溫泉小鎭特有的晚霧，屋裡是木炭燃燒時發出的辟拍響聲，一只漆黑的銅壺煮著香茹水，穿著和服的侍女跪著拉開紙門，遞給我一碟鹽煮的茴香豆，我喫著那豆，突然想念起我的書來了！孩提時代的我，就已經習慣邊喫零食邊讀書，母親家教甚嚴，即使在大陸那樣的環境下，她也把她的女兒們教導成所謂的淑女。可她從不管女兒們怎樣唸書，睡著唸，把腿翹得高高的唸，邊喫飯邊唸，上廁所也唸，坐在搖搖晃晃的公車上唸。我的一個妹夫有一次對我訴苦，說：「夏小婉喫飯也捧本書看，有一次把筷子差點塞到我鼻孔裡了！這種習慣很不好！萬一弄出人命怎麼辦？」我把那煮得正好的茴香豆往口裡一送，就惶惶然四處找書，旅行包裡自然沒有，房間裡也沒有，我便取下了那本精美的日曆，把它鋪在榻榻米上一張張翻閱，手裡忙著去抓豆喫……旅行歸來，坐在小小的房間裡，望著那一排排陪伴著我，漂洋過海，度過無數凄風苦雨寂寞晨昏的書，心中湧起莫名的衝動。知道自己一輩子也和它難捨難離了。

我在北京時，每個月必到琉璃廠的中國書店購書。早先，二、三〇年代時，琉璃廠書店的夥計們是用青布包袱包著新出的書，走老遠的路，給那些愛書人送去。一聲，「您老這會兒閒？給您送新書來了！您老願意瞧瞧不？」挑好書，沒錢還可以賒帳呢！我購書的年代，書店的人可沒這麼殷勤了。不過，大陸的店家人，最和氣的還是賣書的人。中國書店的書庫我常去，一挑十多本，挑累了，還可以坐下來和賣書人聊會天。一次我一口氣挑了二十多本，書店的人邊撥算盤邊為我擔心，「瞧，又撥了一個十去九進一，您帶夠錢了嗎？」書買回家，高高興興地洗淨手，倚在沙發上，先看序，後看結語，蓋上一方父親為我刻的印，「

小舟藏書」，便把它放進書櫥，從此，它便是我的好朋友了。

父親住在南方，每次北上來北京，他都和我一塊去書店買書。一次說好去信遠齋給母親稱幾斤山楂糕回去，走到書店就忘了山楂糕了。母親也不怪罪，她也是一個愛書人呢！連連說：「買了書也好！山楂糕啥時候都有，這書不定一會就賣完了呢！」

我離開北京到日本來時，費了很多時日去處理書。我挑了一部分帶來日本，一部分低價賣給了收購舊物的店家，一部分託父親帶往南方，一部分便給個朋友。當收購人來到我家，運走了我心愛的鋼琴（我每天都要彈彈它的），結婚時婆婆送的一套精美的家具，我忍住了淚，可看著他們把我的書胡亂地塞在一個大痲袋裡拖走時，我便哭著追了出去，「舊書也要愛惜呀！弄壞了，以後別人怎麼唸呀！」後來，我在日本，每次夢中夢見那個我和前夫辛辛苦苦建立起來的家時，眼前晃動地總是那一排排我唸過的書。那時，前夫已先我幾年去澳洲留學，我特意把他的電子工程學方面的書全部托運到他父母家，要他們替他保存。小叔子說：「小舟這個人呀！多少好東西她都賤賣了，就知道留下這些破書！」可在我這愛書的女人心中，為他留下這些書，也是我和他相識一場的紀念呀！

來到日本，無錢買書，我曾站在書店，邊讀邊抄，我從這時起便喜愛上了日本的文字，「的」可以寫做「の」，多省事呀！

寫博士論文時，我的床頭、地板、書桌上，書無處不在，那一陣，是我一生與書最相親相愛的時候。中文的、日文的、英文的、大本的、小本的、裝潢漂亮的、簡陋的，全像是我生的孩子一樣，個個都是我的最愛！

和家聲相識，愛他的心第一次悄然撥動也是因爲書，看見他把雙腿高高的搭在椅子上，眞想罵他太西化！可他雙手捧著書，埋頭傾讀的樣子我又眞喜歡！

愛書的女人，只要有了一本書，她就生動、美麗、豐富起來！在這世界上，還有什麼比書更能和我的生命發生共鳴的呢？

不曾相撞的星

我這個人對男歡女愛之事所知甚少，我與天明結褵六年，生有一子，後來分手，他問我孩子歸誰？朋友們聽了都叫我把孩子交給他好了。「這沒良心的男人，爲了留在外國不歸，娶洋人，拋妻別子，罪大惡極，小舟妳不要糊塗呀！」松崎太太扶著我的肩，我沒哭，她倒眼淚濕了好幾條手帕。

「就是嘛！先生年輕，又有本事，心眼好得沒話說，將來機會有的是，孩子就狠心給壞蛋。」佐藤伊靜是我的學生，小小年紀比我有主意的多。那一向，她天天來我家陪我，勸了好多。

我沒聽她們的，幾個國際電話打過去，跟律師英語、中文、日語一陣周旋，孩子我要定了。因我在日本忙，父母不放心，便替我千辛萬苦地照看著，他上學好遠，別人都是父母接送，可外婆、外公年紀大了，心有餘而力不足，他就乖乖地自己走，邊走邊唱：「小呀麼小二郎呀，背著書包上學堂呀！不怕太陽曬，不怕風雨狂，只怕外婆、外公罵我懶，沒有學問，不能去日本找媽媽。……」這歌的後半截是他自己編的。這小傢伙什麼都知道，只是不講。學校老師叫大家寫作文，題目是我的爸媽。他不願寫，就說：「老師，我寫外公、外婆好不？作家要寫自己了解的事情，我每天和外公、外婆一塊，最了解他倆了。」老師是我的小學同學，知道他離作家還遠著呢！可不願傷小孩子的心，就破例讓他換個題目，我聽了傷心得不得了，恨不得立即接他出來，可又一想，天下一樣，在哪兒他都是個心裡有陰影的孩子呀！

我們夏家的祖墳埋得據說偏離了旺子線六公分，這六公分本是區區小事，可後果卻十分糟糕，從此夏家兄弟姊妹便只生女孩，活活成了個女兒國。我從小對男人便好陌生，也奇怪，我爸爸在女兒國裡耳濡目染，也變得有些女人氣，他絕不抽菸、喝酒，說話很柔，所以我心目中的男人和女人差不多。見了那些雄性勃勃的男人，我便以爲來了強盜，心裡很害怕。上大學時，班上男同學給我偷偷寫情書，天天在校園小徑上堵我，說要找我談心，我不去，他就扯我的袖子，拽住我的書包不讓我逃，我就嚇得哭了起來，他以爲我是假裝的，就涎著臉皮壞笑，後來發現我是眞正害怕，他就急急地跑了。從此見到我就躲起來，快畢業時才敢和我答腔，勸我多讀讀愛情小說，「妳早晚會嫁人，但這麼個樣子沒人敢找妳，這是我的送別贈言。」我不信他的，因爲愛情小說我讀得並不比別人少多少，可小說畢竟是小說。

我大學畢業又唸了碩士，碩士班就兩個女的，被一大群男生捧著。一次放假回去，母親問我可有中意男生？我一下講了五、六個，母親嚇了一跳，罵我怎麼這麼輕浮。末了才明白是這五、六個男生都有那麼一點可能性，有的親自給我講過，有的遞過條子，有的幫我修過腳踏車，母親一聽忙說，這個人不算，修修車嘛，男生的義務囉。我立即補充說：「問題是他邊修邊說，以後我的車他包修一輩子。您想，我還哪能在這唸一輩子書呢？」母親一聽也覺得有道理，趕緊說：「對！這個修車的要算上，而且他的追求有行動，目光放得很遠……。」可我這人一是自己糊塗，二是大概生來就要受離異之苦，白白在男生群中混了好多年，也沒定下一個。畢業後在北京一所大學教書，周圍的男人不是比我大幾十歲，就是比我小一大截，母親從此就著急了，說幸好其他幾個孩子比我聰明，大都有了意中人，若個像我，她生這麼一大堆女兒，還不整天操心死去。末了，有人把天明硬和我扯到一塊，說是互補短長，因爲咱倆實在像兩個星球上的人莫名其妙地相遇，彼此生疏得不得了。我們家祖祖輩輩唸書，沒有一個人會當官，算來算去，只有我小妹當過日本一家小公司的課長。可天明不一樣，他父親官好大，在大陸能有公家小車坐的都是不簡單的人物，他父親就有小車，有司機替他家開車，天明當時追求者一大堆，他母親替他相中一個女孩，和他父親官一樣大的人家的女兒，他不滿意，一心想逃婚，正好有朋友跟他講起我，他從未接觸過我這樣窮教書匠人家的女兒，好奇極了，每次見面從頭到尾全是發問，我對他也覺得好奇，就這麼糊裡糊塗地結了婚，又糊裡糊塗地生下了我們的第一個也是最後一個孩子——小夏。

他學的是電氣工程，很小就會開汽車，修理電器，所以結婚後的一大部分空閒日子，他都是坐在那一聲不吭地把家裡所有的電器修來修去，直到電視機被他修理得沒有聲音，天天只好看啞劇，洗衣機被他修得吼聲如雷，鄰居忍受不了，天天到處貼廣告要和別人換房子住。只有我的一部腳踏車被他鼓動得時速比別人快出一倍多。所以我婚後很熱中於參加大學組織的腳踏車比賽，常常輕而易舉就拿個第一名。

他從不看小說，妳要他看他就要求妳給他講故事。我糊塗，他簡單，朋友們都講我倆很合適。我原本準備一個人不結婚，找到天明後知道結婚也不是一件太壞的事。他也講和我挺合得來，見別人夫妻吵架，他就拉住別人，很誠懇地講：「別吵！別吵！我和小舟從來不吵，不要相撞！各人搞各人的，怎麼吵得起來嘛？」我倆就這樣過了好幾年。他就是把家裡所有的東西都修理得面目全非我也不說一句話，我一高興把自己關在房裡寫上三天三夜不出來他也不會敲門問上一句。有一次，我的一個同事來我家找我有事，回去以後當笑話講了好久，說：「他倆各搞一套，互不干涉，小舟這傢伙把家搞得像女生寢室，天明把他那間房變成了作坊，只有小夏這乖孩子神經正常，兩邊跑來跑去當傳令兵。」

後來，天明去澳洲留學，我想跟了去，大學死活不肯，說要分居三年才給辦手續，我不敢反抗，只好等著。我在日本有親朋，便申請到日本來，天明知道了，就打電話來讓我從日本偷偷投奔他去，我找使館如此一說，那洋人便認定我要移民，死活不給我簽證。我這人心氣很高，不肯低三下四，據說再去一次，哭喪個臉，做出可憐樣就可以簽了，我偏偏一見那大使館簽證的女人就要發笑，她的名字唸成日文的發音正好是一句很不雅的話，我尊稱她一次就樂一次，她大概氣了，說：「對不起，妳回大陸去簽吧！」我一聽倒眞愁眉苦臉了，可那女人是何等人物，她扭過臉去再不睬我。也好，我就留下來，轉眼幾年和天明沒見上一面，後來就發生了我不願聽到的事，母親知道了罵我好糊塗。天明幾乎每天一個電話解釋，說他如何寂寞、如何內疚，我好累，便懶懶地問，還有什麼，快講吧，他就講了實話，說他想留在那，女孩子是澳洲人，與她結婚，他也就……

這些年浪迹天涯，我這個心裡已裝不下多少哀傷了，只想到我和天明相認一場，始終是兩顆不曾相撞的流星，彼此在走自己的軌道。沒有相撞，就沒有火花，婚姻只是形式在表面上框住了他和我，把這框架打破，也未必是件壞事。所以我沒有責怪過他什麼，律師便罵我書讀多了，反而糊塗。母親說，哪裡是書讀多了的緣故，從小就是個笨孩子，早知道眞不該生下她來這人間受苦。母親見我孤身一人，還拖個孩子，好傷心。我叫老人不要想得太多，人生如大海，我一葉小舟漂泊其間，該有多少驚濤駭浪，可只要努力，總會登上彼岸的。母親說，孩子，那妳就努力吧！命苦的孩子，媽操心呀！

天明父母原以爲我和天明會大吵大鬧，嚇得給我又是來信又是打電話，表示他們絕不同流合汚，巴結那洋媳婦去。我家姊妹也好生氣，四妹住在澳洲，和她丈夫坐了三天三夜的火車從雪梨趕到南部，要當面質問天明，我大學時代的一個女友，和天明同在一校，每天多了個任務，就是堵在路上教訓他，天明嚇得要死，告訴我他四面楚歌，日子不好過，想來想去，還只有我一個人沒罵過他什麼，所以願意找我訴苦，我哭笑不得，其實，那一陣，我心裡痛苦得要死去，瘦得只剩下一副骨架，我只可憐孩子，小小心靈受傷害，也心疼年邁的父母，這還不够，連他也找來要我安慰，眞是煩惱人生！人生煩惱呀！

如今，這創傷已深深地埋在心間最深層的地方，不憶起也會痛，但畢竟最艱辛的一段路已走過來了。夜裡，每當我凝視天空中滿天繁星，便會爲天下有情人祝福，去尋找和自己一個方位的星，去相撞、相擊、噴洩出火花來，那怕彼此相撞得遍體傷痕，也是兩顆交流過的星。

路邊的丁香笑微微

小民大姐出身北京，對故鄉有著深厚的思念之情。她去國離鄉許多年，仍在記憶中印下了北京的丁香花兒，「我想起故鄉家園的紫丁香花，它在鄉思中總是佔那麼多地位，在我不知愁的年齡，那一片迷人的粉紫，銘刻在記憶深處，離開故鄉這麼久了，一直不能淡忘。」北京的丁香開在皇苑的富貴溫柔之鄉，頤和園有丁香園，紫氣騰騰，有帝王之家的雍容，北京的丁香也開在市井人家，斷垣殘壁，一片衰敗。早先的四合院成了大雜院，一切時過境遷，人去樓空，可丁香依故。那紫色的、白色的丁香花兒點綴著北京人的凡俗日子，留下一縷縷清香，使北京人的心無意中留下了春，挽住了春，溫情脈脈起來。

丁香花開，如雲、如霞，北京的土話說「火著呢！」可丁香的內心，怕是有一種淡淡的愁思怨情的。詩人戴望舒的名詩，〈雨巷〉中那「結著丁香一樣幽愁的姑娘，走來了，又遠去了。」雨巷中，便瀰漫著丁香般的美麗與哀愁。李商隱〈代贈〉詩「芭蕉不展丁香結，同向香風各自愁。」芭蕉是南方情緒的愁，丁香則是大漠北方之愁，北京是粗線條的城市，可丁香花兒在春風中顧影自憐，顯得那麼柔弱少力，無依無靠，化做輕風就會飄然離去似的！

北京的丁香是女人的最愛，採一束，別在烏髮上，整日裡便和那淡淡的甜香同在。放在手帕裡，給流著大鼻涕的小孩兒擦擦，孩兒會皺著他那柔嫩的小鼻子說：「媽媽還要擦擦！」他喜歡那好聞的丁香花兒，居然不怕疼了。

男人的心在丁香面前會格外溫柔起來，誰會不為那種纖細的、迸著生命力努力的綻放，帶給人間一抹明麗、一縷甜香、一個美好希望的丁香花兒感動呢？北京的春，少了丁香花，就會不再是北京之春啦！北京的春，來得慢，去得急，匆匆過客一般。可丁香花兒呢？急匆匆地來，依依不捨地走，靜悄悄地在萬紫千紅中羞羞地、認真地把胖鼓鼓的丁香結兒撒放成花兒，花兒落了，那碩大油綠的葉兒又蓬蓬勃勃地舒展著、舒展著，忽然綠蔭滿枝頭，在夏天的北京，人們就可以搖著大芭蕉扇子，在丁香樹下，就著六必居的醬黃瓜兒，鼓嚕鼓嚕喝小米粥，喫豆角餡兒的菜包子了。殷勤的丁香，原是上帝賜給北京的惠物呢！

如今，我在扶桑之國求學、謀職，生活中一個又一個的巨變，飄然羈旅，心事難寄，痛苦總大於歡樂。而北京的丁香卻牽住遊子之心，異國的櫻花也是我所喜愛，可北京的丁香給我生命中曾帶來的那種種啟諦、詩潮，我是永遠也不敢輕忘的。

有一首歌，我從童年唱到如今，又教給了八歲的兒子，「清晨我走進校園，只見路邊的丁香笑微微。美麗的丁香妳笑啥？丁香花說道我愛你。」

還記得我上大學時，女生宿舍的樓下有幾株纖弱的紫丁香。春天花開，從一樓的窗戶伸手就可以採到。女生們坐在丁香花樹下把心事悄悄傾訴，夜的柔風吹起來了，掀開了低低垂下的蚊帳，把丁香的清香送入我的夢鄉。我的故鄉是山城桂林，一到秋天，滿城的桂花便像接到上帝的命令一般，忽然千樹萬樹，金黃、粉白、嫣紅，城中、野外，齊刷刷地開放了。我的童年和少年時代，是喫著桂花糖，聞著桂花的香，和父親姐妹在節日飲著濃濃的桂花酒中渡過的。南方少丁香，我到北方第一次看到丁香花時，竟不知道它是什麼花兒！後來，我在北京一所大學任教，文史樓前是一個蘋果園，新翻的土地有一種泥土的芬芳，丁香園就在蘋果園旁邊，那兒是少男少女的天國，而年長的人們卻大都偏愛蘋果園。那年我二十六歲，是一個還想拼命拖住青春尾巴的癡情女，我喜歡丁香園，清晨，我在那唸書，傍晚我在那看晚霞染紅丁香精精巧巧的花朵。有一對男孩和女孩，我見他倆在丁香園約會，男孩總是早早地來了，靠在丁香樹上，女孩總是把他拖起，說：「又忘記了！丁香樹能經得起你這一米七八的大個？」男孩歉意地笑笑，兩人隱入花叢……好細心的姑娘呀，我想，丁香花兒一定在微笑呢！

我也見到在這美麗的丁香園裡，即將畢業的大學生們拉著手風琴，跳起華爾滋的情景。我不知道他們去向何方？只知道那一年的工作很難找，很多畢業生分配去了青海、西藏，好遙遠的地方！可天涯何處無芳草，那兒也許沒有丁香花兒了，可丁香花兒的微笑，任是天涯海角也忘不掉、抹不去。

北京的丁香花兒，可是別來無恙？天涯海角的我，卻憶起了妳的微笑。

世界眞美好

岡本桂子小姐，是一個年近六十的老小姐，她曾做爲我的律師，替我處理過那次失敗的婚姻。當時，她不主張我要小夏，爲此我倆一次又一次地徹夜傾談，她說：「小舟呀！妳沒有正式職業，非常勤老師說減課就減課，妳又拿大陸身分證，在日本是無根的漂萍呀！他各方面比妳好得多，孩子跟他是正當的。再說，他是有責離婚，孩子他不敢不管。」我沒聽她的，自作主張把小夏要到我的名份之下，父母聽說也無異議，只是從此桂子小姐就疏遠了我。日本人是很自尊的民族，她做爲我的律師，認爲對我和小夏沒有盡到責任，她是怕我和孩子受苦呢，這個善良的女人。

後來，有一年冬天，她突然打電話來，說是要去大陸旅遊，想順便去看看小夏，做爲妳的委託律師，我總覺得沒有替妳圓滿地解決問題，不知那孩子生活得怎樣……。我心裡明瞭她的意思，她這是不放心呢！

她果眞去了，她在大陸僅僅逗留了八天，卻居然到小夏的小學校和他的班主任比手劃腳地談了小夏因爲調皮沒戴上小紅花的事。回來後，她說很放心。母親說，那日本來的律師好嚇人，東張西望，生怕我和妳爸待孩子不好，老偷偷問小夏。其實，我請桂子小姐當律師，只付過她很少的錢，她和我也並不是很熟的朋友，從她身上，我感受到了正直、敬業和愛。只是她總不相信我有能力給孩子一個好的成長環境，這一點傷了我的自尊心。後來她曾向我解釋，說她剛通過司法考試當上律師時，曾替一個婦女成功地從離異的丈夫手中爭得了對孩子的所有權，可後來這位婦女無力扶養，將孩子送給別人當養子。收養孩子的人家後來又有了自己的孩子，對這孩子打罵是常事。一次孩子聽說親生母親就住在鄰市，便身無分文地去找媽媽，找到媽媽，媽媽又嫁了人，日本婦女大都沒有職業，自己還靠丈夫養，哪敢收留孩子！我聽了她的話，叫她放心，我小舟有一口水喝，就會讓給孩子。她表示相信，可話鋒一轉，又給我一個難堪，「小舟，妳要是再婚呢？他對孩子就很難說了，他和孩子，妳要誰？」我氣了，大聲嚷道：我拒絕回答！從此，桂子小姐就再也沒和我聯繫過。後來，認識了家聲，冰封了三年的心融化了。家聲這個人，彷彿是上帝把他藏在什麼地方了，他居然躲過了紛亂的世界，他不知道海灣戰爭、天安門事件、蘇聯瓦解，他好像也鬧不清楚一個離異的女人拖個孩子有多可怕，所以，當三妹向他講起我時，他只顧好奇，忘了三妹說的許多細節，比如，年齡啦！既往婚史啦！小夏已經小學三年級啦！他說：小舟，妳走路要走人行道！小舟，妳住西區，那麼正對面一定是東區！小舟，炒菜先放油，後扔菜！小舟！美國的首都是華盛頓，不是紐約！儘是一些雞毛蒜皮的事，我抗議，他就說：「妳家三妹說妳小事糊塗，不管非出大事不可！」我說，「我又不是小夏，還要你上常識課呀？」他一聽樂了，從榻榻米上一躍而起，手指到我的腦門上了，「可不是要教呢！小夏，只有別人才好叫的，自己怎麼叫自己是小夏呢？」我一聽倒眞糊塗了，指著桌上小夏的大照片說，「小夏是我的兒子，今年上小學了！」「什麼？他這才注意到桌上有一個威風凜凜的小學生，「妳兒子？妳自己還像個孩子就蹦出個這麼大的孩子！」我喫驚得像大白天碰到了鬼，很後悔讓他在我這混喫了半個多月，他原來竟不知道我有小夏！

「不行，小舟，這可不行！我這人平生最怕麻煩，這麼大的孩子我怎麼管他，管妳都叫我傷透了腦筋！」他一臉不高興。我更不高興，偷偷溜出去，在公共電話亭裡給三妹撥電話，三妹一聽好氣，「他怎麼會不知道？鬼找了他呢？這個何家聲！我講得清清楚楚，不信，妳問問他！」我沒問他，心裡一傷心，坐在廚房椅子上一個人抹眼淚。他左等右等不見喚他喫飯，就自己跑進來找了一袋方便麵泡了喫，我們誰也不理誰。他忍不住，先開口了，「妳家三妹，到美國也好些年了，也不去整整牙！缺牙棒，講話咬不準音！」「關你什麼事！你是喫河水管得寬呢？」我想吵架。「怎麼不關我的事！這和我太有關係了，她講妳的小孩才一歲，一歲孩子我怎麼也對付得了，這麼個七歲的孩子我能管嗎？再說，我還以為妳把他交給張天明了呢！」「我為什麼要交給他？孩子是我心頭上的肉，怎麼割捨得下？再說，天明那個新太太又怎麼容得下我的孩子？」我索性坐下來，放聲哭了，許許多多的往事，許許多多的委屈，原以為家聲是個超脫的人，沒想到他也會這樣俗氣。家聲傻傻地看著我，有點驚慌失措，「我呀！當時挺不滿意妳兩點，一是我不想找個唸了博士的女人，治不了她呢！二是我發現妳有時眞的特笨，可相交了一段時間，覺得這兩點還能忍受，沒想到妳又給我找了個難題，我這樣子哪能當爸爸？要當我還等到現在才想著找妳？我最討厭和小孩子打交道，受不了那個吵！」「討厭小孩子的人，我才不會嫁給他！」我打開衣櫥，撿出常用的衣，又給山本太太掛電話，讓她快快開車來接我去她家住幾天，因為家聲的飛機票還有四天，就在那一刻，我把他從我心裡趕跑了。他聽不懂日語，要過來搶話筒，急得很：「妳給警察打啥電話？我又沒打妳，妳倒好，住到婦女避難所，一天三頓有公家管飯，我在家天天喫泡麵呀？」我聽了又想哭又好笑，狠狠瞪他一眼：「泡麵也沒得你喫的，我等會就把泡麵帶了走！」他急了，一下衝到我面前，把衣櫥門砰地關上，說，「妳這傢伙不講理，忽地冒出個小學生，我能不受思想上的震動？沒把妳當外人，才把這震動告訴妳，跟別人我還不說呢！」我沒理他，還是坐著山本太太的車到了她家，山本太太說，那何先生好像想哭了，我說，管他呢！

家聲回美國去了，走那天，我去機場送他，風很大，他把大衣領子翻起來，不敢看我的眼睛，他三步併兩步邁到了安全檢查的隊列中，碩長的身影在一堆日本的男人和女人中顯得鶴立雞群，他沒有再回頭，我也迅速轉過身去，一陣小跑乘上了回家的地鐵。

一周之後，他寄來了一張簡短的明信片，報告平安返美，用英文寫的，那洋字碼裡透露出我們的交往已經結束。

新學期開始了，我在大大小小的商店裡，尋找既便宜又合用的、各種各樣小夏需要的東西，給他寄去，有時，家聲的影子也會襲上心頭，可一想起小夏，就充實了好多。

三個月過去，我的心已經平靜，一天深夜，熟悉的電話鈴又響起了，我知道是家聲打來的，他總是在這個時間打來，當我們相愛的時候。

「小舟，我是家聲，我想抽個空兒去日本看妳，最近，精神狀況不好，想去日本休息一下……」他的聲音很低，不等我回答，就把電話掛了。

又過了三天，收到了家聲的信，他的信總是很短，這次卻比較長，「小舟，想忘了妳，對自己說了不下幾千次，忘了她！她有什麼好呀！那個夏小舟！可是，忘不了妳，小舟！一輩子沒有認認眞眞地去想過婚嫁大事，見到妳第一眼就下決心娶妳！可爲妳的種種壞毛病，又很讓我操心，好不容易把妳改造得可以接受了，又出了個小夏！(妳沒騙我，是我自己沒弄清楚。)我這一輩子，原不想成家，更無能力教育子女，我視這些如陷阱，很怕把自己陷在裡面，可是，小舟，還是忘不了妳！三個月來，做什麼都沒勁，小舟，我想通了，妳也知道，我在大學教那些搗蛋鬼也教了五、六年！難道還管不好一個小學生！只是，我管教他時妳不許偏心，和我配合別反起壞作用就行了！這些日子，決定一下，又感到任重道遠，肩上沉甸甸的，妳想，不光要管妳，妳是一分鐘就能鬧出一個亂子的女人，如今又添了個無法無天的小學生，我往後得操多少心呀！……」

我把信翻譯給山本太太聽，她呼地一笑，說，這個何大少爺喲！眞是的！被小舟改造得一塌糊塗還不知道！男人呀！就是比女人笨！要不怎麼上帝不讓他們生孩子呢？信不過他們呢！我只顧高興，沒聽清山本太太的話，把家聲的信讀了又讀，覺得世界眞美好。我給岡本桂子小姐打了個電話，她聽了說，小舟，我這下徹底放心了。

三民叢刊書目

①邁向已開發國家　孫　震著
②經濟發展啓示錄　于宗先著
③中國文學講話　王更生著
④紅樓夢新解　潘重規著
⑤紅樓夢新辨　潘重規著
⑥自由與權威　周陽山著
⑦勇往直前
・傳播經營札記　石永貴著
⑧細微的一炷香　劉紹銘著
⑨文與情　琦　君著
⑩在我們的時代　周志文著
⑪中央社的故事（上）
・民國二十一年至六十一年　周培敬著
⑫中央社的故事（下）
・民國二十一年至六十一年　周培敬著
⑬梭羅與中國　陳長房著
⑭時代邊緣之聲　龔鵬程著
⑮紅學六十年　潘重規著
⑯解咒與立法　勞思光著
⑰對不起，借過一下　水　晶著
⑱解體分裂的年代　楊　渡著
⑲德國在那裏？（政治、經濟）
・聯邦德國四十年　郭恆鈺、許琳菲等著
⑳德國在那裏？（文化、統一）
・聯邦德國四十年　郭恆鈺、許琳菲等著
㉑浮生九四
・雪林回憶錄　蘇雪林著

⑭統一後的德國　郭恆鈺主編
⑮愛廬談文學　黃永武著
⑯南十字星座　呂大明著
⑰重疊的足跡　韓　秀著
⑱書鄉長短調　黃碧端著
⑲愛情・仇恨・政治
・漢姆雷特專論及其他　朱立民著
⑳蝴蝶球傳奇
・真實與虛構　顏匯增著
㉑文化啓示錄　南方朔著
㉒日本這個國家　章　陸著
㉓在沉寂與鼎沸之間　黃碧端著
㉔民主與兩岸動向　余英時著
㉕靈魂的按摩　劉紹銘著
㉖迎向眾聲
・八〇年代臺灣文化情境觀察　向　陽著
㉗蛻變中的臺灣經濟　于宗先著
㉘從現代到當代　鄭樹森著
㉙嚴肅的遊戲
・當代文藝訪談錄　楊錦郁著
⑳甜鹹酸梅　向　明著
⑳楓　香　黃國彬著
⑳日本深層　齊　濤著
⑳美麗的負荷　封德屏著
⑳現代文明的隱者　周陽山著
⑳煙火與噴泉　白　靈著
⑳七十浮跡
・生活體驗與思考　項退結著
⑳永恆的彩虹　小　民著
⑳情繫一環　梁錫華著
⑳遠山一抹　思　果著
⑳尋找希望的星空　呂大明著
⑳領養一株雲杉　黃文範著
⑳浮世情懷　劉安諾著
⑳天涯長青　趙淑俠著
⑳文學札記　黃國彬著

⑧⑤訪草（第一卷）　陳冠學　著

本書是作者於田園生活中所見所感之作，內有田園意，有家居圖，有專寫田園聲光、哲理的卷軸。喜愛大自然田園清新景象的讀者，將可從中獲得一份未曾預期的驚喜與滿足；另有一小部分有關人性與人生哲理的文字，則會句句印入您的心底。

⑧⑥藍色的斷想・孤獨者隨想錄ABC全卷　陳冠學　著

本書是作者暫離大自然和田園，帶著深沉的憂鬱面對人世之作。一路上你將有許多領略與感觸，時或有天光爆破的驚喜；但多數時候，你的心頭將披著一襲輕愁，甚或覆著一領悲情。這是悲觀哲學，卻是被熱情、關心與希望融化了的悲觀哲學。

⑧⑦追不回的永恆　彭歌　著

本書是《聯合報》副刊上「三三草」專欄的結集。作者以其犀利的筆鋒，對種種社會現象痛下針砭，冀望這些警世的短文，能如暮鼓晨鐘般，在這變亂紛乘的時代，起著振聾發聵的作用。

⑧⑧紫水晶戒指　小民　著

俗世間的珍寶，有謂璀燦的鑽石碧玉，有謂顯榮的列鼎封侯。其實生活就是人生最美的寶物，不假外求。非常喜愛紫色的小民女士，以她一貫親切、自然的文筆，輯選出這本小品，好比美麗的紫色禮物，要獻給愛好文學也愛好生活的您。

⑧⑨心路的嬉逐

劉延湘　著

本書筆調清新幽默，論理深刻而又能落實於生活踐履。走一趟作者精心安排的「心路」之旅，您將莞爾一笑，心情頓時開朗。而您也將發現，原以爲只是一條山間小路，結果卻是風景優美、鳥語花香的舒坦大道。

⑨⓪情書外一章

韓　秀　著

情與愛是人類謳歌不盡的永恆主題，它爲空虛貧乏的現代生活加添了無數的色彩。本書記錄下了作者在日常生活中感受到的親情、愛情、友情及故園情，在書中點滴的情感交流裏，在這些溫馨的文字中，我們是否也能試著尋回一些早已失去的東西。

⑨①情到深處

簡　宛　著

本書是作者旅美二十五年後的第二十五本結集。身爲一個教育家，作者以其溫婉親切的筆調，寫出篇篇充滿溫情的佳構，不惟感動人心，亦復激勵人性。將愛、生活與學習確實的體驗，眞正感受到人生的有情，生命也因此生意盎然。

⑨②父女對話

陳冠學　著

一位老父與五歲幼女徜徉在山林之間，山林蓊鬱，山泉甘冽，這裡自有一份孤獨的甘美。本書是記述作者父女在人世僻靜的一個角落，過著遺世獨立的生活的文學畫。舉世滔滔，這應是一面明鏡，堪供讀者對照。

⑨③陳冲前傳

嚴歌苓　著

在好萊塢市場，多少人一夜成名直步青雲，又有多少人一朝雲中跌落從此絕跡銀海。身爲一個中國人，陳冲是經過多少奮鬥與波折，身爲一個聰慧多感的女子，她又是經過多少的心路激盪，才能處於這洶湧波滔中。本書將爲您娓娓道出陳冲的故事。

⑨④面壁笑人類

祖慰　著

本書是有「怪味小說派」之稱的大陸作家祖慰，在巴黎面壁五年悟得的佳構。他的散文神遊八荒，情貫萬里，將理性的思惟和非理性的激情雜揉一起。讀其作品既能吸收大量的科普知識，又可汲取其飄逸文風的美感享受。

⑨⑤不老的詩心

夏鐵肩　著

夏先生一生從事文化工作，大半心力都用在鼓勵培植有潛能的青年人，助他們走上文學貢獻之路。而他本身亦創作出不少的長短佳文。本書收錄計有：詩詞小品、散文、方塊評論等。作者一顆不老的詩心，洋溢在篇篇佳構中。

⑨⑥雲霧之國

合山究　著

使中國風土之特殊性獨具一格的，與其說是天地的廣大，不如說是因塵埃、雲煙等而爲之朦朦朧朧的自然空間吧！精氣、神仙、老莊、龍、山水畫、奇書等，其產生是有如何玄妙的根源啊！就以「雲霧」爲起點，讓我們一起走進這美麗幻夢般的世界。

⑨⑦北京城不是一天造成的

喜樂　著

打從距今七百五十多年前開始，北京城走進歷史的繁華紛亂。現在，且輕輕走進史冊中尋常百姓的那頁，一盞清茶、幾盤小點，看純中國的插畫、尋純中國的足跡。由博學多聞的喜樂先生做嚮導，就讓你我在古意盎然中，細聆歲月的故事。

⑨⑧兩城憶往

楊孔鑫　著

霧裏的倫敦、浪漫的巴黎，除此之外，這兩城你可還留有其他印象。本書是作者派駐歐洲新聞工作二十多年的記錄。透過作者敏銳的筆觸，且讓讀者徜徉在花都、霧城的政經社會、文化藝術、風土人情以及歷史背景中。

⑨⑨詩情與俠骨

莊因　著

一顆明慧的善心與眞摯的情感，經過俠骨詩情的鑄煉，將生活上的人情世事，轉化爲最優美動人的文句，呈現出自然明朗灑脫的風格。文學對於作者而言，不僅是興趣，更是他的生命，但他不泥古而創新，在其文章中俯首可拾古典與現代的完美融合。

⑩⓪文化脈動

張錯　著

「我是一個文化悲觀者，因爲我個人一直堅持某種希臘式的古典禮範，而這種文學或文化古典禮範，已日漸有如夫子當年春秋戰國的禮崩樂壞。」作者就是以這顆悲憫的心，用詩人敏銳的筆觸，深刻而熱切的批判著臺灣的文化怪象。

⑩ 桑樹下

繆天華 著

本書是作者在斗室外桑樹陰的綠窗下寫就的小品散文。作者試圖在記憶的深處，尋回那些感人甚深的、發人深省的、或者趣味濃郁的人文逸事，不惟激勵讀者高遠的志趣，亦能遠離消沈，絕望的深淵。

⑩ 牛頓來訪

石家興 著

本書爲作者三十多年來從事科學工作的心情寫照，包括思想、報導、論述、親情、遊記等等。文中處處流露出作者對科學的執著與熱愛，及超越科學之外的人文情懷，篇篇清新雋永，理中含情，情中有理，爲科學與文學的結合，作了一番完美的見證。

⑩ 深情回眸

鮑曉暉 著

作者生長在一個顚沛流離的時代，雖然歷經千辛萬苦，但行文於字裏行間，卻不見怨天尤人；有的只是對以往和艱苦環境奮鬥的懷念及對現今生活的珍惜，以及世間人事物的觀照及關懷。做爲一本懷舊之作，或是清新的生活小品，本書皆爲上乘之作。

⑩ 新詩補給站

渡也 著

你寫過新詩嗎？你知道如何寫一首具有詩味的新詩？本書是由甫獲得「創世紀四十周年創作奬」的詩人兼詩評論家渡也先生，深入而精闢的剖析一首新詩的形成過程，指導初學者從如何造簡單句到如何寫出一首詩，是一本值得新詩愛好者注意的書。

⑩⑤ 鳳凰遊

李元洛 著

一生從事古典與現代詩論研究的大陸學者李元洛先生，如何在放下嚴肅的評論之筆，轉而用詩人細膩的筆觸，摹寫山水大地的訖行，以及人生轉蓬的寄悵，書中句句是箴話、處處有眞情，値得您細品。

⑩⑥ 文學人語

高大鵬 著

忙碌的社會分散了人們的注意力、淡化了人們對身旁人事物的感情，任由冷漠充塡在你我四周……而本書的作者以感性的筆觸，表達了自己對身旁人事物的眞心關懷，以平實的文字與讀者分享所遇所感，無疑是給每個冷漠的心靈甘霖般的滋潤。

⑩⑦ 養狗政治學

鄭赤琰 著

身處地理、政治環境特殊的香港，作者藉由動物的百態來反諷社會上種種光怪陸離的政治現象，在其輕鬆幽默的筆調背後，同時亦蘊含了嚴肅的意義。這一則則的政治寓言，讀之不僅令人莞爾一笑，更具有發人深省的作用，批判中帶有著深切的期盼。

⑩⑧ 烟 塵

姜 穆 著

作者是一位出生於貴州的苗族人，卻意外的捲入戰爭。在臺娶妻生子後，所抒發對戰亂、種族及親人的眞誠關懷。內容深沉、筆觸清新，充分顯露在生活的烈焰煎熬下，早已視一切如浮雲，淡泊名利，將其一生的激越昂揚盡付千里煙塵中。

⑩⑨ 河宴

鍾怡雯　著

人間繁華的請柬處處，不如赴一場難得的野宴，聽一回水的演奏、看一場山的表演，再來細細品味鍾怡雯爲您端出來的山野豐盛清淡的饗宴——極盡可口的綠、十分道地的藍，以及不加調味料的白。

⑪⓪ 滬上春秋

章念馳　著

章太炎，這位中國近代史上的思想家、政治家，曾因領導戊戌變法失敗而流亡海外。他雖是浙江餘姚人，卻有大半輩子的歲月是在上海度過。本書是由章太炎的嫡孫章念馳先生，從家族的口述和史料中，完整的敍述章太炎的這段滬上春秋。

⑪① 愛廬談心事

黃炎武　著

每個人心中都有一枝彩筆，然而在趕遠路、忙上班的歲月裏，杭頭上的日升月降中，像拋來擲去的跳丸，彩筆就這樣褪去了顏色……本書作者在辭去沉重的教職和繁雜的行政工作後，重拾心中的彩筆，爲您宣說一篇篇的文學心事。

⑪② 吹不散的人影

高大鵬　著

時代替換的快速，不知替換了多少人生舞臺上出現刹那的面孔；而人類，偏又是最健忘的族羣。本書中所收錄的文章，均是作者用客觀的筆，爲曾替人類社會或文化默默辛勤耕耘的「園丁」們，做最眞實的文字記錄。

⑬草鞋權貴

嚴歌苓 著

曾經叱吒風雲的老將軍，是程家大院的最高權威，九個承繼他刁鑽聰明的兒女，則個個心懷鬼胎……一個來自鄉下的伶俐女孩，被命運的安排，走入這權貴世家。威權的代溝、情份的激盪、所有內心的驕傲與傷痛，這會是怎樣的衝突，怎樣的一生？

⑭是我們改變了世界

張放 著

從事文學藝術的工作者是「人類靈魂的工程師」。如果作家不能提高廣大讀者的精神生活品質，而僅爲娛樂人心、滿足人們的好奇和刺激。那麼與馬戲團的小丑或兜售春藥的小販何異？故而作者不禁要問：是我們改變了世界，還是世界改變了我和你？

⑮夢裡有隻小小船

夏小舟 著

日本人參加婚禮愛穿黑色、日本料理味輕單調、日本人性格分ABCD、還有情書居然可以賣……於日本教書的大陸作家夏小舟，在本書除了告訴你作者旅日的見聞趣事外，也且隨她乘坐那夢裡的小小船，航行向那魂縈夢牽的故國灣港中。

⑯狂歡與破碎

林幸謙 著

你可曾聽過溯河魚的傳統？憑著當初離開河源的記憶，激勵著牠們回到了河川盡頭的故鄉。寧願冒著生命的危險，也不願成爲溫暖海洋中的異鄉客。本書作者由溯河魚的傳統，引入海外華人的悲調，一種狂歡與失落、破碎而複雜的心靈面貌。

⑪⑦哲學思考漫步　劉述先　著

同樣的環遊世界旅行，企業家看到的是廣大的市場和商機；觀光客沈迷的是風景名勝和購物；文人墨客則歌詠人類史蹟與造物的奧祕。而哲學家呢？本書作者以其敏銳的邏輯思考，在具體的形象世界中悠遊漫步。期待您經由本書而拓寬自己的視野。

⑪⑧地鼠與玫瑰　水晶　著

地鼠營巢於地下，專喜啃嚙花草植物的根莖。而玫瑰是酷愛陽光的美人，有潔癖，不能忍受穢物……本書作者從事寫作近四十年來，筆墨蘸盡世間人情冷暖，猶然孜孜不倦的寫作。揮灑於字裡行間的，是一種識盡愁滋味後卻道天涼好個秋的豁達心境。

⑪⑨紅樓鐘聲　王熙元　著

文學博士王熙元教授，多年來一直不能忘情於散文的寫作。他的散文清新而感性，談生活點滴，筆端真情流露；論人生哲理，則深入淺出，發人深省。此外剖析文學之美，或回憶個人成長、求學的心路歷程，亦多令人有所啟發，值得一讀。

⑫⓪寒冬聽天方夜譚　保眞　著

本書爲「青副」專欄「靜夜鐘聲」的結集。作者將其對生命與同胞的熱愛、執著，用感慨深邃的筆調，表現於一篇篇的短文中，告訴我們現今的臺灣與中國，需要我們付出什麼樣的關懷。在這些簡短的文字中，希望也能燃起我們一絲對民族的熱情。

⑫1 儒林新誌

周質平 著

本書是旅美普林斯頓大學周質平教授，將其多年在國內外的華文報章上所發表的四十多篇論述雜文結集成册。書中呈顯出所謂海外學人的千般樣態，嘲諷中不失幽默，值得您細心體會。

⑫2 流水無歸程

白 樺 著

大陸知名作家白樺繼《哀莫大於心未死》之後又一本長篇小說。他的書取材是當代的，是改革開放後大陸所面臨的經濟文化與人慾的衝擊。書中的人物如高幹、富商、少女、情婦、歌星等，在金錢的誘惑下，一一呈顯出深沈黑暗而扭曲的人性面。

⑫3 偷窺天國

劉紹銘 著

善人走完了人生路途上天國，會幸福到什麼程度？天國的幸福，會不會只是塵世快樂的延續？在本書作者引領之下偷窺天國的結果，是否會發覺天國的無趣？永恆實在可怕，幸福和快樂如果遙遙無盡期，一樣會變爲無聊、乏味。天國，是否就在當下。

⑫4 倒淌河

嚴歌苓 著

屢獲各大報文學首獎的嚴歌苓，繼《陳冲前傳》、《草鞋權貴》後又一本小說新著。內容包括十個短篇及一部中篇〈倒淌河〉。全書無論在寫景、敍事或對話，都極老練辛辣，辣得幾乎教人流出淚來。

⑫⑤尋覓畫家步履

陳其茂　著

出國旅行，是許多人心神嚮往的事。而世界各著名的美術、博物館，更是文人雅士們流連佇足之所。與其走馬看花、對大師們的作品僅留浮光掠影，淺嘗輒止；不如隨著畫家陳其茂教授的引領，在其敏銳且情感深致的筆觸下，一起尋覓畫家們的步履。

國立中央圖書館出版品預行編目資料

夢裡有隻小小船／夏小舟著. --初版.
--臺北市：三民，民84
面；　公分. --(三民叢刊；115)
ISBN 957-14-2239-8 (平裝)

8　855　　　　84007896

著作人　夏小舟
發行人　劉振强
著作財產權人　三民書局股份有限公司
　　　　臺北市復興北路三八六號
發行所　三民書局股份有限公司
　　　　地　址／臺北市復興北路三八六號
　　　　郵　撥／〇〇〇九九九八一五號
印刷所　三民書局股份有限公司
門市部　復北店／臺北市復興北路三八六號
　　　　重南店／臺北市重慶南路一段六十一號
初　版　中華民國八十四年九月
編　號　S 85299
基本定價　叁元肆角
行政院新聞局登記證局版臺業字第〇二〇〇號

ISBN 957-14-2239-8 (平裝)